# 读者问卷调查表

热 血 · 参 与 · 友 情

●您的参与，将是我们前进的动力；您的意见，将是我们改进的方向

| 真实姓名 | | 性　别 | | 年　龄 | |
|---|---|---|---|---|---|
| 通信地址 | | | | | |
| 邮政编码 | | 电子邮箱 | | | |
| 电话 /QQ | | | | | |
| 友情贴士 | 请尽量用个人住址以使我们百分百准确地为您送达幸运赠品 | | | | |

●个人肖像涂鸦绘画区 *^_^*

●支持原创真情留言区 *^_^*

[感谢您的参与，请在"□"内用"√"表示即可]

1. 吸引您购买本书的原因是什么？
   □ 封面 □ 内容 □ 作者 □ 朋友推荐

2. 您阅读完整本书后是否喜欢本辑小说？
   □ 喜欢 □ 不喜欢 □ 一般

3. 您是否喜欢小说整体配图风格？
   □ 喜欢 □ 不喜欢 □ 一般

4. 您觉得本期行文排版风格如何？
   □ 喜欢 □ 不喜欢 □ 合适 □ 一般

5. 您是否购买过之前一辑阳光动漫图书？
   □ 购买过 □ 未购买 □ 想购买未买到

6. 购买本期图书的时间是在 ___ 年 ___ 月 ___ 日，
   您在 ____（城市）购买本书是否方便？
   □ 方便 □ 一般 □ 很难买到

7. 你是否会参与此次阳光动漫图书的征稿活动？
   □ 肯定会 □ 不会 □ 告诉朋友让他们试试

8. 阳光动漫图书是否在您的朋友中有传阅情况？
   □ 1~3人 □ 3~5人 □ 5人以上 □ 没有

# 读者问卷调查表

[诚]

热血 · 参与 · 友情

■ **请您将本册书中最喜欢的文章告诉我们**

1. _____
2. _____
3. _____
4. _____
5. _____

■ **读者视角[请您留下对本书的宝贵意见]**

_____
_____
_____

■ **自由领域[请您对下一辑阳光动漫图书大胆地畅想一番]**

_____
_____
_____

◆ **第一辑阳光动漫图书问卷调查幸运读者名单（50名）**

李毅（上海）周明君（云南）周为（上海）夏宵芸（上海）薛署骅（上海）郑佳珣（北京）陈晔娴（上海）沈婧（上海）黄欣炜（上海）杜梅娟（上海）忻奕杰（上海）吴元锴（江苏）朱艳（上海）严正（上海）王青（上海）任盈（上海）沈涵（浙江）章小燕（浙江）缪茹慧（上海）幽霏（福建）于晋江（山东）洪永艳（江苏）常欢（河南）张丹毅（上海）邱琦雯（江苏）濮轶群（江苏）李昌晋（福建）王已芳（上海）孙云炜（上海）刘晓颖（上海）康占海（广东）蔡文嘉（上海）陈雯婷（上海）宋海日（山东）刘绍雄（河北）庄庆鸿（浙江）潘翔（四川）蒙黎（内蒙古）张子龙（江苏）王方（河北）方倩婕（上海）张芳雯（广东）姜佳佳（浙江）李蕾（上海）宋晓峰（上海）乐文文（上海）陆义斌（浙江）陆红卫（湖南）唐娜（上海）赖丛芸（广东）

※凡参与本辑问卷调查活动的读者，均有机会获赠下一辑图书一册，幸运读者总计50名。

※获奖读者名单将在下一辑图书中公布，敬请留意。请在调查表中写清楚个人资料。

通信地址：上海市罗秀路162号编辑部收（信封上请注明"阳光动漫"字样）
邮政编码：200231
在线销售：http://www.bol.com.cn　　互动讨论：http://bbs.i5dream.com

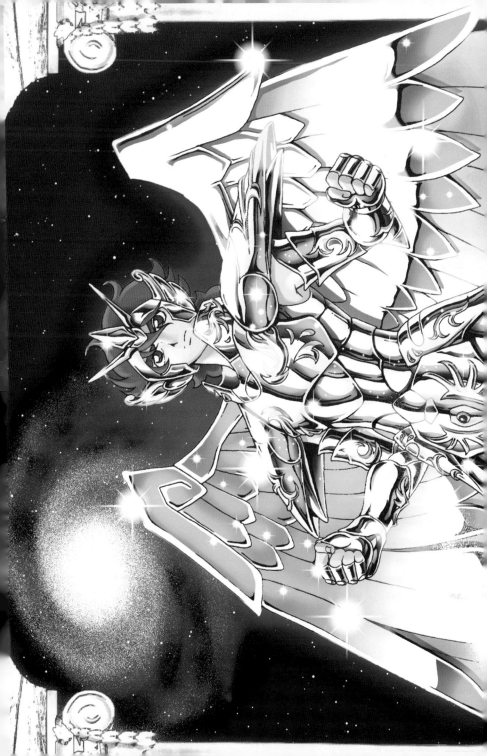

绯雨宵 主编

# 黄金默示录

作家出版社

## ■ 一章 · 星辰大海

## ■ 二章 · 来自圣域

# 目 录

# 一章　星辰★海

PART 1   XING CHEN DA HAI

# 燃　梦

■ **出处:《银河英雄传说》**

■ **原著: 田中芳树**

■ **文: 疾风之猫**

## Chapter 1

**我的梦想,由与你重逢的期待点燃。**

帝都,陋巷,塌屋,木椅。

经过烟熏的墙壁早已丧失了本色,厚重的窗帘,带着半褪的红色,似一滩干涸的血,凝结在摇摇欲坠的拉环上。昏暗的日光透过破碎的窗棂,鞭笞满屋飞扬的尘土,搅动屋里发霉腐败的气流。

米达麦亚坐在吱哑作响的扶手椅上,虽一身便装,依然无法掩饰举手投足间散发的高华气度,默默对抗着陋室中的破败与沉寂。他谨慎地坐在椅子边缘,敏锐的目光聚焦于窗帘旁的阴影。一位黑袍男子倚墙而坐，即使在房间里，他依然带着风帽，把全身严实地笼罩在灰暗中，贴在同色的墙壁上，活像一只正在休憩的蝙蝠。

　　"想实现梦想的话，就把它喝了。"男子嘶哑的声音划破令人窒息的沉寂。同时，黑袍动了一下，一辆小车无声地滑出，精准地停在米达麦亚手边。车上放着一只即使在国宴上也毫不逊色的银杯，反射冷色幽光。

　　"我竟然也会有相信怪力乱神的一天。"米达麦亚自嘲地苦笑着，眼前又浮现出那双眼睛。蓝与黑的双眸，伴随每天昼与夜的更迭，提醒着自己对那段骤逝友谊的渴望。太多的思念，太长的煎熬，再坚硬的面具也会龟裂吧。厌倦了伪装，无力再坚持，米达麦亚镇定地举起了银杯，端详着。光洁的杯体，完美的弧度，映照出一张扭曲的面容。这是我吗？晃动着，扭曲着，找不到真实。不再犹豫，举杯，碧绿色

的液体顺咽喉滑下。辛辣的味道，混着古老东方的神秘香气，强烈的感官刺激令米达麦亚的思维出现短暂的空白。手无力地垂下，身体虚软地靠在椅背上，米达麦亚的视线渐渐模糊。四周的墙体在转动，血色的窗帘，布满蛛网的天花板在转动，由慢而快，一个巨大的灰色的漩涡席卷了一切……

# Chapter II

**迟迟钟鼓——梦正燃，勾动无边的星海，诉说我对你的思念。**

　　苍白的磁力场，人狼中简洁明快的风格一如记忆中，空气中漂浮

着令人怀念的味道。

　　"时间真的可以倒退？我真的回来了吗？"微微前倾着身子，米达麦亚低沉悦耳的声音中夹杂着无法掩饰的激动。每一句刻在脑海中的台词，每一个化为梦魇挥之不去的细节，以最真实的方式重复着。相同的场景，相同的人物，不一样但却按照同一节拍剧跳的心……蜂蜜色的头发轻颤着，头脑因两种思绪与记忆的冲撞产生一阵眩晕。

　　"为什么不再提前一点？为什么我只能返回到赴兰提马利欧与你对决的途中？太晚了吗？无法改变的计划！"颤抖的拳头重重击在指挥台上，素来明亮的灰眸似被暗雾所笼，灰暗，毫无光彩，仿佛沙漠中的砾石。双手环抱着自己，米达麦亚深陷在座椅中，"这是命运的玩笑吗？让我重历与你的分别。"严格恒温的房间里，米达麦亚痛苦地战栗着，"那为什么给我希望？为什么给我一份虚幻的憧憬？当天

堂的光照在冰冷的身上，才发现原来身处没有出路的地狱，很可笑是吗？"低哑的笑声从惨白的唇间溢出，逐渐转为高亢，近乎凄厉，没有半分欢娱的色彩，只充满不平与哀伤。折磨声带的振动徒劳地宣泄撕裂心肺的悲愤，直到接近窒息，才渐缓。"不，我绝不放弃！哪怕只剩一线希望。"米达麦亚望着窗外的星海，仿佛又回到了许多年前，于图圄中见到破门而入的罗严塔尔，一个微笑，一个拥抱，不用多说，不用言谢，一切都已注定。"这一次，换我救你。"米达麦亚坚定地说，一字一顿，面对虚空，郑重地用全副精力许下承诺。

　　"全速前进！瓦列及毕典菲尔特一级上将各帅左右两翼精锐配合，其余部队作为第二梯队跟进，由拜耶尔蓝上将全权负责。"米达麦亚用不容置疑的语气下达命令，不顾下属们错愕的表情，径自走进个人

通讯室。自己都难以理清的心绪该如何向下属解释呢？没有经历过孤寂怎么会知道失去挚友的恐惧？心尽碎，梦无痕，血尚热，魂自沉。不顾了，不想了，不听了，不看了！只有一颗心，只能紧守着一个愿望："等我救你，我最重要的——朋友。"头抵在冰冷的荧光屏上，米达麦亚喃喃着……

　　一个轻微的扰动，在历史的长河中掀起新的波涛。

　　兰提马利欧，为罗严塔尔和米达麦亚所特设的舞台，枪火交织的血幕已经拉开。

　　"6点钟方向发现目标。"托利斯坦中，罗严塔尔凝视着荧光屏上微弱的光点："米达麦亚，你不愧疾风之名啊。"温暖的笑意浮现于眼角，旋即为热切的眸光所掩盖。"你忠于的是罗严克拉姆这个姓氏吧？无关于统治者现在的状态。这种愚蠢的忠心真是令人感动！不

过，无论如何，现在交锋的人是你和我，这是只属于我们两个人之间的较量。我期待着，米达麦亚。""全线出击！"清晰的命令回荡在整个舰队，属于战士的血液因对刀锋的渴望而沸腾。

　　"左翼由外围包抄，由10点钟方向展开强攻，务求切断敌军。"米达麦亚急迫地下令。站在舰桥上，米达麦亚掌心一片冰冷。战事的成败瞬间已变得无关紧要，只要能阻止那个人，那个临阵倒戈致罗严塔尔于非命的懦夫。"抱歉，让您失望了，莱因哈特陛下。"手撑在玻璃窗上，前方吞吐着的烈焰，刺目的闪光，都显得极其遥远。"既然能够回到这一时空，说明历史有修正的必要吧。痴梦也好，疯狂也罢，我可以放弃成为一名杰出的战士，但却无法阻止心的跳动。"倾听着自己的心跳，宽厚的胸膛中永不更改的旋律此刻听起来竟如此孤单寂

窶，仿佛古塔上残破的风钟，于寒风中颤栗着，击响苍凉的单音。无法不承认怀念曾经的夜晚，畅谈年轻的梦想，让熟悉的笑容驱散夜的沉寂。"奥斯卡——"低垂着头，似哽咽，似呜咽，化为无声的叹息。

# Chapter III

### 耿耿星河——梦将烬，凝结刹那光华，在虚空写下永恒。

"敌军左翼向我右后方急攻，请求增援！"列肯道夫急促地报告。轻扬了下眉，罗严塔尔对米达麦亚出乎意料之外的战术露出古怪但一如往常优雅的笑容。"还记得莱因哈特陛下的纸牌吗？"清朗的语音不急不徐地吐出，"传令格利鲁帕尔兹向1点钟方向撤离，于

40,000千米沿外围环线反向包抄,同时左右两翼给予支援……"光标于巨型荧光屏上滑过，一个"口袋"浮现眼前。"是，长官！"列肯道夫钦佩地看着统帅，飞速传令而去。罗严塔尔面对空无一人的舰桥，径自陷入沉思："是你的战术改变了，还是你一直对我有所保留？"修长的手指轻扣着桌面，发出空洞的毫无意义的声响，徒乱人心。不知从什么时候起，已习惯于米达麦亚的坦白，习惯于看着那双明亮的灰眸，分享他的全部情感，或快乐，或悲伤，或兴奋，或颓丧……所有的点滴，都一丝不差地盛在浅浅的碗里，两个人共享。而今，面对身处敌营的米达麦亚，面对他陌生的战术，近似疯狂的进攻，罗严塔尔陷入少有的彷徨中。"你对我也有秘密吗？十年携手并肩，生死与共，作为你最好的朋友，我，依然无权窥进你的内心吗？……

不得不钦佩你的演技！当我最终在你面前卸下面具，在我把你看作生命中惟一的朋友后，我却分不清你扮演的角色！"挫败感和被欺瞒的怒火从心底最脆弱的角落点燃，似玻璃碎裂的清脆响声震伤每一根纤细的神经。太多的伤痛反而令人麻木，只剩下毁灭的欲望伴随着照亮星宇的闪光。

**流动的火焰，似奔腾的血，迸裂在虚无的空间。**

"敌军外围防线攻破……敌军向7点钟方向撤离……我军遭遇反抄……"战报接二连三回响在人狼中。"这么快就看出破绽了吗，罗严塔尔？"米达麦亚嘴角上翘，露出一个被称之为"笑"的表情，似在赞叹好友的才略，又像是哀悼自己计谋的落空。"正面主力迎击！"

米达麦亚果决的下令。"战争是没有理智的游戏，倘若只有用最疯狂的方式才能挥洒出你所期待的主题，请把疯狂的机会留给我！奥斯卡，让我的血来唤回理智的结局吧。"人狼流线型的舰身呼啸着，四周的红芒乱射，交织成血色的披风，翻卷着噬人的烈焰……

"邀舞吗？"罗严塔尔以一贯优雅的姿态坐在椅子上，有力的手掌好整以暇地托着腮，"一贯的热情啊，米达麦亚。"眼中蕴含着激赏和猛兽锁定猎物时的冷芒。"全速前进！"简单的指令，带着遗世的决绝和坚定，自紧抿的薄唇间溢出。所有的炮口，宽的、窄的、裸露的、暗藏的，都在喷射火焰，炫目的、耀眼的、粗大的、细小的，高能粒子流穿过近似真空的星际，拖着金红色的尾痕，似夕阳中燃烧的彤云，洋溢着夺人呼吸的凄美气息。

"托利斯坦，人狼进入射程内！"托利斯坦和人狼中，同时响起将官们的惊呼！错愕、惊惧、慌乱……一系列负面情绪似瘟疫般蔓延，涔涔冷汗渗透双方将士们统一的银黑相间的军服。"这应该是我和你的最后一支舞了，米达麦亚。指挥官被情绪扰动，丧失对胜利的渴望绝对是一个致命的错误，这对一向只追求完美的我而言，真是不可饶恕。""主炮三连。"清晰的指令回响着传开，竟如同说"今天天气不错"之类一样平静无波。微笑着坐在座位上，罗严塔尔细致地梳理微显凌乱的黑褐色短发，"可以死在朋友的手上，对于一个不被期待的生命而言，算不算一种奢侈的恩典呢？"

"为什么会这样？你一定要将这场对我而言只有痛苦的战争进行

到最后吗？残忍啊！什么才是你想要的结局？我的血,莱因哈特陛下的血，所有将士的血，是不是能够填补你生命的缺憾呢？你究竟想要什么？我看不清，猜不明。""攻击！"作为军人的米达麦亚最终战胜了作为朋友的自己，违心的命令自苦涩的舌间滚出，身体虚脱般倒在椅子上。

硬币已经抛出，落地的方式却没有人能够料定。

传说中，凤凰浴火的画面因为生命的融入而充满蛊惑人心的魔力，那么，战火中的凤凰呢？米达麦亚清澈的灰眸为战火所染红。从不知道，红色原来可以如此惊心动魄，少女娇羞的脸颊，红玫瑰绽放的花瓣，斗牛士狂舞的红巾，都不足以代表真正的红色，那种生命燃起的交融了绝望与抗争的红色。火在烧，单纯的红色，夹带着耀眼的金芒，自托利斯坦中流泻。无声的火，无声的红色，凤凰的血，太阳神的血，鹰的血，罗严塔尔的血，充斥在漆黑的星海。米达麦亚愣愣地立在窗前，心在烧，泪在烧，血在烧，契合着远方的火焰。人狼的损伤报告正在整理中，米达麦亚却仿佛置身另一时空，无心，无泪，无语，只因燃起的火蛇夺去了魂魄，与灵魂相呼应的火，张扬着生命的红色，最终隐于无际的黑暗。口鼻间似乎充满了红色的粘稠液体，米达麦亚困难的呼吸着，温凉的空气如同烈焰灼烧他的心肺，看不到世界，看不到周围，只有红色，惟一的纯粹的色彩，似蛛网层层叠叠，封锁他的感知，阻断他的意识。

"托利斯坦中弹撤离，请求追击！"下属充满斗志的话语终于打破血红色的结界，传入米达麦亚耳际。"不，各舰队维持原速待命。"本能的反应，米达麦亚在思维恢复正常运转前已经下令。望着渐远的

光点，红色的火光渐暗，仿佛为周围的黑暗吸去了能量，"你会随着这火光终结吗？"米达麦亚痛苦地垂下眼睑。

这就是所谓的历史的严肃性吗？无法更改的命运，让我的心再次因为你的远去而碎裂。不去追，不敢，不愿，不能。永远骄傲的罗严塔尔，永不言败的罗严塔尔，我怎么可能残忍到去剥夺你最后的尊严？注定无法再见吗？放弃了。

无法面对今日的彼此，不敢去想象身份迥异的尴尬，无力承受你在我面前逝去的悲伤，我逃了，做一个我原本决不可能做的逃兵，为了你。再也无法坐在同一张沙发上喝Whiskey了吧？再也听不到你叫我名字的声音了吗？再也没有机会为了"女人"的问题大打出手了么？我曾奢望修改历史，我曾欣喜回来这一时空，我曾相信这一切是

出于神的怜悯——

我曾……好傻，好傻，好傻……

米达麦亚无力地瘫坐在椅子上，似呓语，似低吟……

# 尾 声

"Wolf，你醒了吗？昨天你被人抬回来，又昏迷了一整天，我……"艾芳的眼眶红了，语音哽咽。

米达麦亚看着熟悉的寝室，惶惑了："那只是一场梦吗？还是我的灵魂真的曾超越时空？"

又想起灵魂！自嘲地甩甩头，米达麦亚打起精神，强迫自己露出笑容："很抱歉，让你担心了。"

轻轻的吻，带着作为丈夫的安慰和怜惜，落在艾芳额头，艾芳害羞地别过身，细腻的肌肤上升起淡淡的红晕，又是一种红色，爱怜的，羞涩的，独属于女人的红色……

# 年 华

■ 出处:《银河英雄传说》
■ 原著: 田中芳树

■ 文: 5月31日

## 上

　　巴米利恩会战结束以后结婚的杨这个时候正在市区北边的科尔达列斯山地的湖沼地带休假,三十二岁的退役元帅杨威利,终于可以享受到梦寐以求的退役生活了,不用再以几人小集团对抗皇帝的大军,不用再听比自己小九岁、人格发育不完全的某位战神天天喊"我一定要打败你"了。

　　"什么工作都不做就白白领钱,想起来还真叫人扭捏不安,不过如果把这想成说已经可以恢复到原来的自我了,或者应该说这才是可喜可贺的事情啊。"

　　一想到十二年的夙愿终于了了,那种趁尤里安不注意偷到酒瓶时的笑容又浮现在了杨的脸上。

"亲爱的，我看不见浮漂了啊。"

在美貌的新婚妻子的温柔提醒下，杨连忙扯动鱼竿。

"已经吐钩了呐。"

一面重新挂食一面自我反省的杨再次将钩甩了出去，"看来我还是不能一心二用。"

不过在他昂浮漂拖开避过一堆水草时候又说，"其实不用钓得太多嘛，反正我们也吃不了。"

顺便说一句，从上午就坐在这里的杨夫妇，身后的水桶里只有两条体重不足半斤重的鱼。

鉴于杨提竿的动作不适应鱼逃走的速度，军校成绩优异的前副官自告奋勇地将他替换下来，杨柳，站起来散散步，走到旁边不远处与

同样在钓鱼的老人聊天。

"你们是市区人？"

"是，来这里休假的。"

"我儿子也在市区工作，不过最近失业啦，政府垮啦，叫帝国给占去了，统合作战本部大楼也叫别人一炮给轰了。"

说话间老人拉动鱼竿，一条闪着银灰色光彩的鳟鱼像是跃到半空中跳舞。

"好大。"杨望着看着就肥美鲜嫩的动物赞叹着。

"这湖里有比这更大的哩，年初的时候我在湖那边散步，看见过一米长的呢。"

那肉一定粗得不能吃了啊。

杨没有说出来，只是看着老人熟练地取钩，将鱼放进桶里，"你们钓上来自己吃吗？鳟鱼不好好做那可就太可惜了。"

　　"我们也正在头疼，我们只是旅行的，也许会送到餐馆去叫他们帮忙做吧？"

　　"啊，那可不行，餐馆会拿了你的活鱼，再从冰箱里拿冻鱼给你吃，要卖的话不如卖给水产店，集市口那家比较大，二十个第纳尔一公斤。"

　　"这倒是好办法，谢谢您。"

　　"谢什么啊，呵呵呵。"

　　菲列特利加站了起来，鱼竿的顶端被拉成一段优弧，"快去帮帮她吧，呵呵呵……"

　　在老人微笑的目送下，杨急忙跑过去帮妻子握住鱼竿。

　　"呀，这条好大哎！"

　　年轻的夫妇因一条颇让人满意的鱼而忙活起来。

　　"鳟鱼似乎有种很特殊的吃法，钉在木板上烤着吃，我好像在一本书上看到过。"菲列特利加非常惊讶。

　　"钉在木板怎么烤？"杨困惑地抓了抓头发，"唔……我记错了呢，好像是没办法实现……"

　　"亲爱的我们去吃午饭吧，你说到烤鳟鱼，我真的饿了呢。"

　　提着一桶劳动成果，杨突然有种错觉，这几条鱼是卡介伦，亚典波罗，先寇布，波布兰一干人等的化身。

　　"竟然会被那个颈部以下全无用的人钓起来，真是人生的大悲哀啊。"

"我可是被美女钓起来的。"

"有些单身十年不会做的事情，结婚一周就学会了，看来他要变成实干家了。"

一想到这种错觉预示着自己很有可能再次回到那个由堆积如山的工作和素与恶魔构成的人间地狱里去，杨不由地感到一阵头皮发紧，背心发凉。

"我们自己留一条就好了吗？"

"嗯，虽然有不请自来的客人，不过真要请他一起吃饭的话，他是不会来吃的呐……"

杨回过头去看了一眼远处的邮亭，菲列特利加感到很不舒服，也更加体会到杨的不舒服，这样下去，表面上感觉很迟钝的杨一定会先自己一步而精神窒息的。

"这个好漂亮啊，"挽着杨的菲列特利加指着路边的水桶里插着的大捧鲜花，白色的花朵在纤细的茎上微微摆动，显出营养不良的纤弱美感，"这是复瓣的桔梗，买一点儿插在家里吧，很漂亮的。"

卖花的小姑娘微笑着捧起一大把，递在菲列特利加手里，"好漂亮啊，很像玫瑰花呢！"

杨温和地微笑着，"可惜是白色的啊。"

"没关系，我很喜欢。"

于是，菲列特利加拿着渔具和花，杨拿着妻子和水桶，二人并肩在通往集市的小路上。

"十五个第纳尔一公斤，"

"不是二十个一公斤吗？"

"你的鱼这么小，而且已经不新鲜了。"

"可是他们都还活着呢！"

正在杨与鱼贩讨价还价的时候，一个中年妇女走了过来，先是看了看杨桶里的鱼，又看了看店主水缸里的鱼，"买鳟鱼吧？夫人。"

"多少钱？"

"大一点儿的三十个第纳尔一公斤，小一点儿的只要二十五个。"

犹豫了很久，那妇人终于这样问，羞于让人知道自己的拮据，"有没有……刚刚死的鱼？"

"哪里会有死鱼啊，不买就走开，走开。"

死去的鱼是要丢掉的，不丢的话，也该卖便宜的价钱，好像一个政府，腐败了崩塌了，改算算折旧什么的吧？

杨提着一桶鱼，站在湖边，"留下这条吗？"杨蹲下来，拿起一

条，"对，这条死了，做的时候不会怎么跳，"年轻的，对厨艺不怎么精通的妻子回答。

斜推水桶，想象中恶魔的化身回到了水的怀抱中。

# 下

回廊之战就这样结束了，以骷髅的标记。

骷髅表示死亡，剧毒和战争的结局。死者的遗言不是报复，是战争再也不要发生，可骷髅的标记只是表示战争的结局，而不是结束。

那样的一代或几代人，他们虽然躲过了铀弹，可还是被战争给毁掉了。

　　尤里安觉得自己静不下来，无法思考，无所适从，强制着让自己忍耐，却像溺水一样喘不过气来，并不只是尤里安有这样的症状，这种疫病感染着杨舰队的每一个人。

　　"领导者的意义首先在于责任而不是地位与权利，这也是民主与专制的区别之一吧。"

　　然而尤里安觉得自己并没有杨那样的能力与坚韧来肩负这个责任，他甚至觉得别人会说因为自己是杨的养子，利用裙带关系爬到上位。人们议论的是"杨的继任者"，而不是尤里安本人，如果自己的表现亵渎到杨，不仅自己不能原谅自己，杨夫人，卡介伦中将，先寇布中将他们都会感到失望和愤怒吧。

　　"尤里安。"

　　擦了擦眼睛转向推门进来的卡介伦，"卡介伦中将，""我不太清

楚你的想法，尤里安，要是因为悲伤和思念那个人倒也无可厚非，但要是因为要当军事领导人就吓得哭鼻子，实在太没出息了。"

　　"是，卡介伦中将。"

　　"有个故事，我想杨应该给你讲过吧，"

　　卡介伦在尤里安身边坐下，"那是人类远祖的时候，当然，他们那个时候不仅全都住在同一个星球上，"在避讳那个词的同时，卡介伦迅速的看了一眼尤里安，他并没有因为这个词做出太大的过激反应，卡介伦在内心底微微点头，继续将下去。"而且他们基本上过着茹毛饮血和野兽差别不大的生活，有一天，山上的部落到山下的部落抢劫，抢走了所有值钱的东西，还强走了一名男婴，他的母亲非常悲痛，哭得昏了过去，山下的部落为挽回面子，挑了几名青年壮士，发

誓要爬上山去把孩子抢回来。山下的人很不习惯爬山，他们爬了一半，有个人说太难了，我们放弃吧，众人用很难听的话骂了他，说他胆小怕事，叫他回去养膘。山路很陡峭，大家又爬了一半的一半，更多人不想爬了，终于，所有的人都说太难了，我们放弃吧，正当他们准备下山的时候，他们看见一个女人——那个男婴的母亲——抱着她的孩子，她的衣服被荆棘挂破了，手脚也磨破。她一边哄着孩子说，宝贝不哭了，妈妈来救你了，一边从山上下来。大家都很惊讶，好几个青年壮士办不到的事情，一个女人居然完成了……"

卡介伦停了一下，继续说到。

"这是我上军校的时候，某位老师讲过的，所以我想杨也给你讲过，"

"是的，卡介伦中将。"

"就是这样了，如果你对待某件事情像母亲对待自己的宝贝那样，还做不好的话就不是你力所能及范围的问题了。"

十八岁又两个多月的代理司令官沉默着，接受"取代杨成为军事领导人"这个事实并不容易，那位曾经自己曾经仰慕过，现在是杨的未亡人的女性数个小时以前也对自己说过类似的话。

以前，每当尤里安感到彷徨不知所措的时候，杨就会用手指轻轻地戳戳他的头，

自己想想看吧，尤里安……

一栋房子将要倒塌的时候，人们找了一段看上去差不多合适的木头顶在那里先凑合着，当一些人抱怨着这木头还是差一大截的同时，总还是有一些人看到这段木头阻止了房子的倒塌。

六月六日,伊谢尔伦要塞以代理革命军司令官尤里安之名义发布杨的死讯,举行正式的葬礼。同时,艾尔也宣布解散独立政府,结束了短暂的历史。

宇宙历八零零年,新帝国历二年的八月八日,伊谢尔伦共和政府发表成立宣言。

餐厅里,乐观,恶德的年轻人在聊着天,"自由嘛,总是要付出一定的代价的,比如对单身主义者来说,自由的代价就是痛痛快快的失一次恋,然后没人帮他洗衣服。"

"那么阁下还是恋爱过啊,你这不能叫做单身主义,只是被某一位女性甩了以后就没人要了吧。"

面对狡黠的绿色眼睛,年轻的将军额头上冒出青筋,"我对单身主义的理解和阁下没有利益关系吧?"

# 帝国的家政课

- **■ 出处：《银河英雄传说》**
- **■ 原著：田中芳树**

- **■ 文：5月31日**

　　银英学院帝国部教导处主任安尼罗洁小姐觉得大家最近身心都很浮躁，有必要开设家政课让这些血气方刚的小子调养心性，于是本来没有课，可以睡觉上网约会踢球打Play Station的星期2下午多了两节家政课……

　　"今天，由我来为大家上家政课，想必大家平日里征战沙场，很少得到这方面的锻炼吧，那我们就从简单的开始，现在每人发一根针，我们先来做穿针的练习。"

　　安尼罗洁一边说一边在每个人摊开的手掌里放一颗银色的细细的发亮的小东东，它的名字叫做针。

　　"我怎么没看到奥贝斯坦在哪里？"莱因哈特四处张望着，有人回答金发的年轻人："他去医务室开了证明，说他的眼睛不适合上家政课。""我靠，是吗？那个人所做的事一向都有正当的理由啊。"

　　"我们先学习一些基本的，从穿针开始，以后还有更复杂的，比如缝纫和刺绣，大家可以看看老师的练习作品。"安尼罗洁拿起一个绣花绷子，以疾风之狼都要咋舌的速度在众人眼前晃了一下，只看见一片鲜红……大概，大概……是齐格的后脑吧……"大家都知道，针的尾端都有一个小孔，我们只要拿着线，穿过去，就好了！"安尼罗洁手里拿的线已经成功的穿了过去，"那，看到啦，就是这样的，一点都不难的哦。"安尼罗洁用真挚的眼光看了看大家，大家的眼光涣散而哀怨，"还没看懂吗？我再用齐格同学的给大家做示范。"在众人惊诧而愤怒的目光中，安尼罗洁老师拿起齐格的针线穿了过去！"现在大家都看懂了吧？"

　　"看懂了……"看懂的是安尼罗洁老师和齐格有一腿！

　　各位开始和小小的针较起劲来，举目望去，姿态万千，有的家伙整个身体都缩到了一起，有些家伙做的根本就是缩小了的投篮的动作……

　　"这是什么嘛！这根本就是折磨！"不出意料，第一个暴走的便是黑色枪骑兵的王，要他做这种事，大概真的是一种折磨吧。因为他的手指已经因为他急躁的本性而鲜血淋漓了，"你鬼叫什么啊！！我们又不是你的镇静剂！"瓦列以同样的声调回应了毕典非尔特，大概是因为毕的突然出声，让他的手抖了一下，失去了一次穿针成功的机会吧，正当这两个人剑拔弩张，准备打一架爽一爽的时候，一个声音飘了出来，像是喃喃自语——

　　"呃……很难的啊……"

　　大家安静了，或者说是震惊了！那个声音，那个声音是从来没听过的声音！艾齐纳哈竟然说话了！后世的史学家一定会记载，著名的沉默提督在公共场合说的几句话中就包括在家政课上说的，"呃，很难的啊……"

　　一节课下了，大部分的人经过不断的努力，成功地将线从针孔中穿了过去，只有一个人，还在满头大汗地努力。

　　"怎么了？罗严塔尔同学，大家都已经完成了啊，你还没穿好吗？"罗严塔尔的矜持让他不能站起来大声说出他不能完成的理由，只得继续流汗，挚友米达麦亚实在看不过去了，大声说出了罗的苦衷，"安尼罗洁老师，这对罗严塔尔来说不公平！他两只眼睛焦距不一样！"

　　……

　　第二节课是学习钉扣子，安尼罗洁老师大概没有注意到弥漫在教室里的不满情绪，再次用齐格同学的给大家做了示范。大家强忍内心的愤怒，和手上的针线、扣子战斗了起来。

　　"老师！"谦和内敛的缪拉站了起来，"针断了。"

　　天啊！虽说针很细，但如果不是故意去折，也不会断的啊！安尼罗洁勘察了一下事故现场，判断此针的死因是碰到一个什么高强度的平面而折断的……难道是……缪拉的手？开玩笑！那可是铁壁啊！仔细一看，还真的只有缪拉的手指没有出血呢！谜底揭开了！

　　"大家要抓紧哦，下课铃响时我会来收作业的哦，只要钉好一颗扣子就好了。"

　　教室的一角突然传来一阵奇怪的声音，众人循声望去……

GOD！那个金发的帅哥和红发的帅哥竟然扭打在一团,真的让大家眼界大开啊,"你们两个给我住手！"安尼罗洁的身影对两个倒在地上年轻人来说显得异常高大,"齐格,要和弟弟好好相处哦。"事后,经小道消息传出的他们打架的原因,是为了争抢那个钉好了的扣子。

……

下课收作业时,安尼罗洁老师收到了一个让她勃然大怒的作业,"梅克林格同学,下课到我办公室来！"原来不幸的艺术家实在没有办法把扣子缝在布上,急中生智,在那块布上画了一颗扣子……

消息经学院八卦周刊传到了同盟部,大家一颗心全都提到嗓子眼,因为同盟这边的大人们开始讨论是不是也开设家政课,不过万幸的是——

大概是因为缺乏师资的关系,家政课议案被否决了……

# 迷 途

■ 出处：《银河英雄传说》
■ 原著：田中芳树

■ 文：乐魂

　　"父亲，我回来了！"一张年轻而俊秀的幼年学校学生的脸从门口伸了进来，迎接他的正是他最敬爱的父亲。

　　"累了吧？看你跑得这一头汗，先去洗个澡，然后再来吃晚饭！"面对正处在青春期、精力旺盛的儿子，父亲宠溺地摇了摇头。

　　幼校生将垂到额前的深褐色头发甩到后面去，调皮地对自己的父亲敬了一个如果被教官看到铁定挨罚的军礼："就去就去……父亲就是上了年纪哪！我记得以前您没这么啰嗦的……"只可惜他下面的话没说完，因为母亲丢过来一条大毛巾，刚好将他的头完全罩住。

　　"越来越没规矩，竟敢指责自己的父亲？"隔着毛巾，母亲在他头上敲了一下，只是完全没有认真责怪少年的样子。

　　"谋杀呀！"少年夸张地叫着，把毛巾从头上抓下来，一阵风似的消失在二楼的浴室中。

望着儿子的身影，夫妻二人对望一眼，不由无言地笑了。

这是新帝国历十二年初冬，帝都费沙，国务尚书米达麦亚元帅的家。

"还有半个月就是新年了呢，渥佛。难得的假期，我们就和菲利克斯一起出去玩吧，你说好吗？"临睡前，艾芳瑟琳问米达麦亚。

"好啊，你想去哪里？还是征求一下菲利克斯的意见？"

充满温馨的对话并没有持续多长时间，因为睡梦之神分别亲吻了两人的额头，很快地，两人都进入了甜美的梦乡。

——"米达麦亚，我也不想与你交战。"

罗严塔尔？

——"疾风之狼的承诺，真是一言万金哪！"

罗严塔尔——

——"我们先不要说别的，米达麦亚，你觉得如何呢？你要不要和我一起联手呢？"

罗严塔尔……

——"——再见，米达麦亚。我要说的话或许会很奇怪，不过我是真心的。皇帝拜托你了。"

"罗严塔尔！"米达麦亚猛然从床上坐起，却发现自己已是满头冷汗，双手发颤，心脏剧烈跳动。

已经多久没有做过类似的梦了呢？五年？八年？还是更长？

但为何今天的这个梦是如此真实？十年前的那段在他心头永远无

法抹去的伤痛,到今天还是如此清晰……友人那苍白的脸在超光速通讯屏幕上逐渐消失,最后的表情却如碑文一般铭刻在他的记忆深处。

试问他又如何能将之忘却?

他深吸一口气,强迫自己冷静下来,同时看了看睡在他身边的艾芳瑟琳——还好,没有吵醒她。

米达麦亚轻手轻脚地下了床,打开房门,走进斜对面的洗手间——洗个脸吧,也让自己那紧绷的神经放松一下。

只是,他的心情无论如何都轻松不起来。

推开洗手间那虚掩的门,米达麦亚正要按亮壁灯,突然,他发现原本关上的窗子,此时却是微微敞开着的。

带着浓重寒意的夜风吹了进来,淡色的窗帘也微微晃动,冰冷的月光透过玻璃洒了下来,在地上映出怪诞的阴影。

毫无来由地,米达麦亚望向墙上那面大镜子,他的血液在瞬间为之冻结!

因为在镜中,他看见的并非是自己的脸,而是——

深褐色的短发,苍白俊秀的面庞,右黑左蓝的金银妖瞳——米达麦亚永生也不能忘却的一张脸。

那张脸对着米达麦亚笑了笑,笑容里似乎还有着几分嘲讽与自嘲。

米达麦亚已经无法说出任何话来,他希望自己只是看错了,可无论他怎么望向镜子里,始终都是那张故人的脸。

——我知道,命运之神如此残酷地为你演奏了这阕人生的终曲,你一定相当不甘心吧?

"你还好吗，米达麦亚？好久不见了啊……"一个熟悉的声音掠过米达麦亚的耳际，他打了个寒噤。

"我知道，你很想念我，对吧？那么我现在来看你了，你应该感到高兴才对啊……"依旧是那个熟悉的声音，带着一丝嘲讽，又带着一丝冷漠，熟悉得令人感到恐惧。

面对强敌也毫无惧色的、帝国军的最高勇将、有着"疾风之狼"美誉的米达麦亚，此时脸上却血色尽褪，苍白得犹如窗外的月光。

苍白得犹如他友人死亡时的脸色。

"看到我，觉得很吃惊吗？不过这也难怪啊……我是个早就死去的人，也是个早就该被遗忘的人吧？"一丝嘲讽掠过那著名的金银妖瞳。

"……对不起……"完全走音的声线，从米达麦亚惨白的唇边逸出。

除了这句话，他不知道自己该说什么。

"怎么说出这种话了……这完全不像你啊，米达麦亚。"依旧是带点冷色调的声音，悠然在米达麦亚耳边响起。

镜子表面浮起了淡淡的蓝光，金银妖瞳的提督带着微笑从镜中飘出，在冰冷的月光下，黑银两色的华丽军服闪着异样的光芒。一阵夜风吹进了那半开的窗，将昔日帝国名将的斗篷吹得微微摇曳。

米达麦亚不由后退了一步，费劲地转动颈部，他自己都仿佛听见颈骨发出令人牙酸的摩擦声："罗严塔尔你……你想要什么？"

惨淡的月光下，地上只投下了米达麦亚一个人的影子。

彻骨的寒意沿着米达麦亚的脚跟直上头顶，他希望这只是个梦，可这个梦……是不是太真实了点？

"我想要的是什么……你应该最清楚才对啊，米达麦亚。那个时候，我在海尼森的总督府等着你，一直在等着你……可是最后，我还是没能等到哪……那时的情形，你还记得吗？"叹息的声音从罗严塔尔那端正的唇边轻轻飘出。

怎么能不记得？

记忆的烙印清晰得如同海尼森冬夜的星辰，在米达麦亚心中留下了永不磨灭的痕迹。

"……疾风之狼……你有辱这个夸大的名号哪……"与当日同样的话，从同一个人口中再次说出，只不过那个有着清亮声线、清冷眼神的帝国名将已与尘世阴阳永隔。

"我……可是……唉……"想对昔日的挚友说，自己那时实在已是尽了全力在赶路，可这种话对于死去的人来说，是没有任何意义的。

"虽说有些遗憾，可我并没有责怪你的意思啊……费沙的初冬还是很冷的，不如我们换个地方好好地谈一谈，好吗？"金银妖瞳的提督静静地在米达麦亚面前飘过。

走廊尽头，书房的门无声地开了。

几乎是机械性地，米达麦亚随着自己那已逝去的好友走了过去。

宽敞雅致的书房里，充满着阴冷的气息。

罗严塔尔飘到了窗边，他并没有触碰那有着古朴花纹的深色落地窗帘，但窗帘却已无声地拉开。冰冷的初冬月光登时透过落地窗洒了满地，也让罗严塔尔全身都沐浴在清冷的月光下，只是——窗前的地毯上，依然没有任何影子。

"不请我坐下吗，米达麦亚？"一丝几乎无法察觉的微笑浮现在罗严塔尔唇边。

米达麦亚苦笑，正想说些什么，突然几下清脆的钟声，打破了这暗夜的沉寂——那是楼下客厅里古老的自鸣钟，此时敲响了午夜十二点。

"整整十年了啊……对于死去的人来说，时间真是最没用的东西……"罗严塔尔微微冷笑，米达麦亚最为熟悉的表情出现在他那苍白俊秀的脸上。

日历翻开了新的一页。今天，是新帝国历十二年十二月十六日。

十年前的今天，银河帝国新领土总督奥斯卡·冯·罗严塔尔元帅去世。

米达麦亚对死去的挚友做了个"请坐"的手势，自己却无力地倒进了沙发里。

罗严塔尔却没有坐下的意思，依旧伫立在窗前，费沙冬夜的明月洒落下一片清辉，给昔日的帝国名将那身黑银两色的军服镀上了一层月色："米达麦亚，还记得那时杨威利被暗杀后，你我最后那次对饮吗？"

怎么能不记得？

十年的时光，非但没有冲淡心中的回忆，反而给回忆镶上了一道思念的光环。

——"别担心，米达麦亚，说来我还算是个军人，要毁就会毁在剑下，不会毁在女人手上的。"

当时说出这句话的人已经逝去，化做午夜时分的幽灵飘在米达麦亚眼前。

一语成谶呀!

当时米达麦亚怎么也没能想到,那一次的对饮,竟是"帝国双璧"的最后一次把酒言欢!等到两人再次相见时,冰冷的黄泉之门已无情地将他们分隔在了两个世界!

——还记得罗严塔尔去世后不久,自己被僚友硬拉到"海鹫"俱乐部去,那一次,还有后来的无数次……自己都是习惯性地向侍应生点两杯红酒或威士忌,然后将其中一杯放在自己对面的座位前。

——每次点完后才想起,那自己对面的座位,再也不会有人来坐了。

十年了!

十年……多么短暂又多么漫长的一段岁月!十年,三千六百多个昼夜,纵然明知不可能唤回逝去的昨日,也多么希望时光能够倒流!

"我帮你倒杯酒,好吗?已经太长时间,我们没有在一起对饮了呢。"罗严塔尔不知何时来到了米达麦亚身前。

水晶玻璃的高脚杯轻轻碰撞,发出清脆的声音,在月光下闪着银红色光芒的红酒在杯中微微晃动,将透明的红色影子投影在茶几上。

两杯红酒。

米达麦亚蓦地抬起头,望着罗严塔尔。

"我多么想和你再次对饮哪,可惜现在……我已经无法和你一起饮下这杯中的酒了……尽管它的香气令人迷醉……"挚友的声音再次响起,带着一丝遗憾,"所以,你就连同我的那份,一起喝了吧……"

米达麦亚并没有去动那银红色的液体,而是望向那一地清辉:"罗严塔尔,你……这些年还好吗?"

　　"总算说出了像是你说的话呀！米达麦亚。"苍白的脸上有着淡然的笑意，罗严塔尔坐在了好友的对面。

　　银白色的月光洒满整间书房，空气中似乎飘浮着淡淡的清香——对，那是以前，每次罗严塔尔来访都会给艾芳瑟琳带来的一束鲜花的芬芳——如果不是书房里飘荡着浓烈的诡异气氛，米达麦亚已经要觉得时光倒流回十多年前。那个时候……每天都仿佛是用鲜花和黄金染就的，充满了阳光般耀眼的活力。

　　"是……吗？"米达麦亚苦笑。

　　"这些年我没什么，反正死去后，时间在我身上就停止了。倒是你……刚过不惑之年，却已满头华发了呢。"笑容里多了一丝无奈，金银妖瞳的提督望向自己的好友。

　　米达麦亚长叹一声，昔日那蜂蜜色的头发，如今在月光下呈现出

淡淡的银色。

　　如同现在窗外，费沙冬夜的星辰。

　　"不过，为了我这样的人，实在没必要让你那么伤感……疾风之狼那锐利的双眼是要用来看着宇宙中的群星，而不是用来哭泣的哪……"似乎叹息了一声，罗严塔尔的双瞳微微有些黯淡。

　　"……你怎么会知道？"米达麦亚问道。

　　宇宙历八零零年，新帝国历二年十二月十六日，米达麦亚的旗舰"人狼"。

　　海尼森冬夜的星辰仿佛无数的宝石，镶嵌在黑色天鹅绒般的夜空中。

　　他背向所有的人，站在舷窗边上。从"人狼"舷窗向外望去，正

好能远远看见笼罩在鹅黄色灯光中的总督府。舰桥的光线并不明亮，几缕星光透过舷窗，洒在了米达麦亚那蜂蜜色的头发上。

几声细微的呜咽声，随着空气调节机的风飘过他幕僚的耳边。

"看见了吗？我这一生大概永远忘不了这幕光景吧……疾风之狼竟然哭了……"年轻的拜耶尔蓝提督低低地说出了这样的话。

"当时……我可就站在你身后，看着你哪！其实不想让你那么伤心的，但我也没办法呀。谁让你那么迟钝，看不到我。"尽管说着戏谑的话，罗严塔尔的眼中却多了一抹浓浓的悲哀。

"这么说，你是跟着'人狼'一起返回费沙的了……多奇怪呀，明明你就在我身边，可我却一点都没觉察……"米达麦亚喃喃地道，"那么，陛下，还有吉尔菲艾斯大公他们……都还好吗？"

"我是一个无处可去的孤魂野鬼哪，米达麦亚，陛下的情形到底

如何我一无所知。不过这么多年，也没传出'狮子之泉'皇宫，或者是你我的同僚家中闹鬼的谣言，那么想必他们不像我这样到处游荡吧。而且这十年来我几乎走遍了整个银河系，都没发现他们的踪迹。"自嘲地笑了笑，罗严塔尔在沙发上换了个坐姿。

"那么……你有没有什么事，需要我帮你做的呢？"说着自己都觉得有些奇怪的话，米达麦亚望着昔日的友人。但罗严塔尔却敏锐地注意到，自己挚友的眼中多了几分落寞。

罗严塔尔缓缓地摇头："反正都是死去那么多年的人了……纵然十年前有些心愿未了，十年后的现在也算不得什么……有许多东西，真的是要到死后才能明白的呀……"

聪敏如米达麦亚，岂能不明白罗严塔尔话中的涵义？

"唉……不过现在谈论这些话题，也实在是无聊呀。"罗严塔尔轻叹了一声，道，"对了，说到帮忙……你有没有什么话，想带给陛下或吉尔菲艾斯大公他们？虽说我也有可能碰不到他们，但相对于你来说……我遇到他们的概率还是比较大吧。"

米达麦亚思索良久，却还是摇了摇头。

对死者来说，任何言辞都是多余的。尽管他们在活着的时候，是比瓦尔哈拉恒星还要耀眼的存在。但一旦逝去，就都化做了划过天际的流星。

"我要走了，米达麦亚……"罗严塔尔的话将他的思绪拉了回来。

东边的天空，已经隐隐泛起了青色。

"等等，罗严塔尔！"米达麦亚从沙发上站起来，想拉住自己这一生最好的朋友。

他眼睁睁地看着自己的手穿过罗严塔尔的身体，却没有任何碰到实体的感觉。

罗严塔尔笑了："时间到了呢……你见过大白天到处乱逛的幽灵吗？"

此时米达麦亚站得离罗严塔尔极近，也因此他看见了……在他挚友披着的那件深蓝色的斗篷上——有着一大片暗色的痕迹！

"罗严塔尔，你的伤……"

"我不是说过了吗……我死去之后，时间在我身上就停止了……"苍白的笑容里有着近乎透明的悲哀，金银妖瞳的提督淡淡地道。

十年——！那是怎样的肉体和精神两方面的痛苦？换做普通人可能早就无法忍受，而罗严塔尔……他竟然面不改色地承受了下来？

"罗严塔尔……""疾风之狼"的声音有着一丝颤抖。

"反正都这么长时间了，也习惯了吧……其实时间一久，也就麻木了呢……"罗严塔尔淡淡地笑了，"真的要说再见了，因为不知道以后的日子里，我是否还能像今天一样和你见面……"

"等一下，你不去看看你的儿子菲利克斯？"

"那是你的儿子，不是我的……别忘了，他叫菲利克斯·米达麦亚啊……"金银妖瞳的提督在微曦的晨光中伫立着，身影渐渐地淡了。

米达麦亚怔怔地望着自己昔日的挚友，却不知道该说什么。

"保重，我的朋友……"这是罗严塔尔说出的最后一句话。

"渥佛，你醒了？再多睡一会吧，难得的假期哦。我做好早饭再来叫你，好吗？"米达麦亚醒来时，艾芳瑟琳那温柔的声音在他耳边

响起。

米达麦亚一下从床上坐起，望着那熟悉的卧室，以及和他一样穿着睡衣，微笑着站在床边的艾芳瑟琳。

是梦？真的是梦？

"是啊，罗严塔尔都已经去世十年了呢……梦到他也是很正常的……"带着一丝苦笑，米达麦亚这样对自己道。

"啊，不用了，还是早点起床的好，睡懒觉可是会长胖的哟。"尽管已到了中年、却仍没有发胖迹象的米达麦亚下了床，与他的爱妻开了一个拙劣的玩笑。

可是，当他走进洗手间时，他却愣住了。

洗手间的窗是开着的！

米达麦亚条件反射地望向那面镜子，可镜中映出的只是他那因吃惊而显得有些苍白的脸。

那么……

米达麦亚忽然冲出洗手间，几乎是跑到了书房门口，一下子将房门打开——

在宽敞雅致的书房里，有着古朴花纹的深色落地窗帘已被拉开，初升的太阳透过落地窗照了进来，茶几上放着的两杯红酒映着阳光，闪着如最好的红宝石般的光华。

那不是梦！

曾经踏遍整个银河系的双脚，此时却似连自己的体重也无法支撑，米达麦亚只觉得一阵晕眩。初升的太阳发出金色的光芒，刺得他睁不开眼睛。在耀眼得如同那金发有翼狮子头上的皇冠般的阳光中，

米达麦亚却看到了连阳光也无法刺透的黑暗。那是不属于尘世的黑暗，是人心深处永远无法消弭的黑暗。

米达麦亚无力地坐倒在书房的地毯上，银色的发丝微微颤动。

罗严塔尔……

——我一生最好的朋友……

他觉得身后有人轻轻地推自己的肩膀。

回头一看，一张熟悉的脸映入眼帘——深褐色的短发，俊秀的面庞，眼睛……不，不是金银妖瞳，而是如同最高远澄澈的蓝天般的颜色——那是他的儿子菲利克斯·米达麦亚。

"父亲，您不舒服吗？我去请医生好不好？"菲利克斯是个懂事的好孩子，事事都懂得替他人着想。

"不用了，我只是有点头晕而已，放心好了。"米达麦亚站起身来，对儿子露出一个勉强的笑容。

"现在天气很冷呢，父亲也要注意身体啊，要不索性申请休假好了？也好陪陪母亲嘛。要是您不方便申请的话，我去和亚力克殿下说好了，然后再让殿下和希尔德陛下去说，您看这样好吗？"那张酷肖罗严塔尔的脸在米达麦亚面前晃动。

"……亚力克殿下……？"

"是啊，亚力克殿下是我的朋友呢，他是个好人哦！"童稚的声音里有着一丝骄傲。

米达麦亚将双手放在菲利克斯的肩膀上，让自己能更清楚地看见友人的儿子："是的，他是你的朋友，要记住呀……"

——菲利克斯，你知道"朋友"二字的涵义吗？

真正的朋友，是永远站在你这一边的人，即使全宇宙都与你为敌，也站在你身边支持你的人。

真正的朋友，是与你拥有共同的梦想，并且为了这个梦想一起去奋斗的人。

真正的朋友，是你可以放心将自己的生命交托给他，同时悉心守护他的生命的人。

真正的朋友，是在你失意时给你鼓励，在你悲伤时给你安慰，在你绝望时给你希望，在你沉沦时给你勇气；而在你成功时，却是站在离你最远的地方，举着一杯香槟，微笑着遥遥向你祝贺的人。

真正的朋友，是值得用生命去交换的。

——所有的这一切，你都能理解吗，菲利克斯？

　　那双澄澈的蔚蓝色眼睛望着米达麦亚，其中却多了一丝不解："我会永远记住，亚力克大公是我的朋友。可是父亲，您好像很不开心的样子……是不是我做错了什么？"

　　"……好了，我没事，你也是个好孩子，去做你自己的事好吗？"勉强地笑了一下，米达麦亚揉了揉菲利克斯那深褐色的短发，说道。

　　毫无食欲地吃完了早饭后，米达麦亚思忖再三，拨通了他的同僚奈特哈尔·缪拉元帅的 TV 电话。

　　"提前祝您新年快乐，米达麦亚提督。"TV 电话上的缪拉微笑着道，只是那砂色的头发中，也多了丝丝银光。

　　互道新年祝福后，米达麦亚道："缪拉提督，我想请您去喝杯酒，可以吗？"

　　望着米达麦亚那黯淡的灰色眼眸，缪拉知道这位昔日帝国军的最

高勇将绝非仅仅想请自己去喝酒。

　　两人并没有去"海鹫"高级军官俱乐部，而是去了一家名为"后伊谢尔伦"的酒吧。很讽刺地，这家酒吧的名字与昔日"帝国双璧"初识的地方有着不可思议的相似性。

　　"发生了什么事吗，阁下。"见米达麦亚迟迟不开口，缪拉只得问道。

　　"这个……缪拉提督，我想先问您一个问题。您……相信这世界上有幽灵的存在吗？"米达麦亚终于开口。

　　缪拉万万没想到是这样一个问题，所以他足足愣了三秒钟才反应过来："这……就我个人而言，我是不相信的，因为幽灵是种从来没被看到过或被证明存在的东西，但有关幽灵的故事从西元时代就有，

也只能说明人们的想象力比较丰富吧。"

"可是，至少在我家，目前就有一个。"米达麦亚苦笑。

桌上的马丁尼闪着微光。

缪拉露出不解的神色。

"如果我说，罗严塔尔就在我家，您相信吗？"

缪拉的酒杯翻倒在桌上，芳香的酒液在暗色的桌面上缓缓流淌：
"阁下，您一定是思念罗严塔尔元帅过度了吧？"

"如果仅仅是这样，今天我就不会找您出来了。"苦笑的神色再一
次浮现在米达麦亚的脸上。

"阁下，我想……"缪拉的话说到一半，却又停住了口。

"您还记得新帝国历二年十二月三十日那天吗……那个时候……
我刚回到费沙时您对我说的话……"米达麦亚望向桌上空了的酒杯。

昏暗的灯光下，透明的水晶杯闪着异样的光芒。

"我怎么会不记得……就算是再过去十年、二十年，我也能清楚
地记得啊……"缪拉苦笑，"那个时候，我对您说了一句'就算只有
米达麦亚元帅，只要能够平安无事就好了。谨向您的凯旋表示贺
忱'……是吗？"

"为什么……为什么所有的人都希望我平安无事……"米达麦亚
的低语并没有传到缪拉的耳内。

"陪我去一个地方好吗？"米达麦亚抬起头来问道。

"好的。"

"您不问我想去什么地方，就这么同意了？"

"今天，您想去的地方，只有一个。"砂色的眼瞳中也有着说不出

的悲哀。

黑曜石的墓碑，无声地伫立在初冬的寒风中。

墓碑上有一行银色的用花体写成的帝国公用语:"奥斯卡·冯·罗严塔尔元帅于此长眠 帝国历四五八年十月二十六日——新帝国历二年十二月十六日"

黑与银的颜色，是帝国军服的颜色，是失意与希望的颜色，是悲伤与喜悦的颜色，是忘却与回忆的颜色。

一束素洁的百合放在了墓碑前，淡淡的香气在初冬的寒风中缓缓飘散开来。

片片比百合更洁白的碎屑随风飘了下来，飘到了米达麦亚那身着黑银两色帝国军服的肩头。

费沙今冬的初雪开始静静地落了。

轻柔的雪花在寒风中打着旋儿，落满了黑曜石的墓碑。

"罗严塔尔，你生前没能等到我与你共饮那杯酒……今天，我来补偿你十年前的遗憾。"

水晶杯中的威士忌闪着如落日余辉般的色彩，正如十年前的今天，放在海尼森总督府桌上的那杯酒一样。

轻轻地翻过手腕，芳香的酒液浸湿了有着暗夜颜色的墓碑。

一声轻得几乎无法听到的叹息，飘过米达麦亚耳边。

"缪拉提督，是您……吗？"米达麦亚问道。

"什么？"缪拉一时没反应过来。

"刚才是您在叹息吗？"

"不是，我并没有……"

缪拉的话还没有说完，漫天飞舞的雪花已骤然逆风扬起！

雪花遮住了米达麦亚和缪拉的视线，也遮住了那道射向帝国军昔日最高的勇将的致命光束。

铅灰色的天空，依旧落着纷纷扬扬的雪花，就像十年前新年前夕，费沙的天空飘着的雪一样。

那也是个飘着雪花的，冰冷的冬日。

十年后的今天，雪还是一样的洁白，风还是一样的清冷，只是已经物是人非，再也不可能唤回逝去的昨日。

"笨蛋！你不会躲啊？"被缪拉推倒在地的米达麦亚，却听到缪拉口中说出了这样一句话。

米达麦亚的脸色骤然变得惨白。

缪拉一翻手，光束枪已握在他的左手，一声轻响，另一道光束射

向那逆风飞舞的雪花中。

一声沉重的倒地声传来。

雪，下得更大了。

"罗严塔尔……谢谢你……"米达麦亚对着缪拉，不，准确地说是对着自己那逝去的友人说道。

砂色的眼瞳中隐约闪耀着黑与蓝的金银妖瞳，但却只是一闪即逝，那锐利的异色光芒随即消失在温和的砂色眼神中。

"阁下，您刚才……对我说什么？"砂色的眼瞳中，露出不解之色。

"缪拉提督，您不是左撇子，对吧？可罗严塔尔是。"米达麦亚微笑着，笑容里却透着一丝近乎绝望的悲哀，他指着依旧被缪拉握在左

手的光束枪。

雪花乘着冬日的寒风飞舞。

在素洁得接近圣洁的白色雪花中，渐渐浮现了一个人的身影。淡淡的，浅浅的，不仔细看，根本就看不到这样一个透明的身影。

深褐色的短发，苍白俊秀的面庞，右黑左蓝的金银妖瞳——米达麦亚永生无法忘却的一张脸。

"罗严塔尔元帅……"缪拉的双唇颤动着，光束枪掉在地上，发出苍白的声音。

铅灰色的天空下，素洁的雪无声地落着，落满了黑曜石的墓碑，让人再也看不清上面那银色的花体字。

"很久不见了，缪拉提督，没想到您还记得我这个罗严克拉姆王朝的背叛者哪。"透明的冷笑挂在端丽的唇边，只是眼神却黯淡了许多。

"罗严塔尔，既然你回来了，就不要再走了，好吗？"米达麦亚的声音里透着浓浓的伤感。

"看来我前世一定是欠你太多，才让我今生来还你啊，米达麦亚……连我死后都不得消停……知道吗，我还债还得很辛苦呢……来生，你可得加倍补偿我啊……"依旧是带着一丝戏谑的神情，金银妖瞳的提督笑容里透着悲哀。

那是一种刻骨铭心的悲哀，一种深刻到就算是饮下忘川之水轮回转世，都不会消除的悲哀。

"幽灵是不能在白天出现的啊，可是我……为了你这个笨到无可救药的笨蛋，却还是得大白天出来……"

素洁的雪花落了米达麦亚满身，但却穿过了那个透明的英挺身影，无声地落在了地上。

"罗严塔尔元帅，请……为了米达麦亚提督，也请您留下来吧。"缪拉直到现在才能说出一句话来。

"未免太迟了啊……米达麦亚……"那个透明的身影微微起了波动，而罗严塔尔的金银妖瞳也更黯淡了，"也许我原来还能多停留一会，但现在……刚才的动作很伤神呢，因此，我恐怕再也回不来了……"

"罗严塔尔……"

"或许我连轮回的机会都没有了吧……不过这样倒也好，至少世上不用再多一个像我这样不受欢迎的人了……"淡淡的戏谑表情，出现在罗严塔尔苍白的脸上。

素洁的雪花无情地将那个淡到不能再淡的身影一丝一丝擦去。

费沙的冬天，真的很冷。

"罗严塔尔，我知道今生欠你太多，来生……我会让你欠我的！"那个透明的身影已经淡得快要看不出形体。

"疾风之狼的承诺……真是一言万金哪……"似曾相识的话语，轻轻自那端丽的唇边逸出。

"罗严塔尔……再留一会好吗？"

"真的该说永别了……米达麦亚……要保重呀……"苍白悲哀的笑容最后一次在金银妖瞳提督的脸上浮现。

米达麦亚望向罗严塔尔，友人那悲伤到近乎绝望的表情烙印在他记忆深处，成为永远不会消逝的印痕。

新帝国历二十二年十二月十一日，国务尚书渥佛根·米达麦亚的夫人艾芳瑟琳不幸病逝，五天后，悲伤过度的米达麦亚尚书亦举枪自尽。

银河帝国飘荡着浓烈的哀悼气氛，奈特哈尔·缪拉元帅被皇帝亚历山大·齐格飞指派为葬礼的负责人。

这一天傍晚时分，缪拉来到了米达麦亚的家。

屋内并没有点灯，凝重得几乎让人为之窒息的空气缓缓飘荡着，黑色的布遮盖了所有的家具。菲利克斯·米达麦亚站在客厅中央，怔怔地望着躺在透明水晶棺中的父亲——尽管并非是他的亲生父亲，可这位可敬的养父给了他比亲生父亲更多的关爱。

月光不知什么时候透过客厅的落地玻璃窗洒了进来。

满地的清辉仿佛给这间充满死亡气息的客厅带来一丝生机。蓦地，缪拉的眼睛睁大了。因为透过清冷的月光，他看见了两个熟悉的

身影。

深褐色的短发和蜂蜜色的短发，右黑左蓝的金银妖瞳与灰色的眼瞳，身材高大的"帝国名花终结者"与身材矮小的"疾风之狼"。

帝国军的双璧，终于又可以并肩站在一起。

清冷的银色月光中，两人对着缪拉微笑。

在那个世界，两人想必可以把盏言欢，永远不必刀戈相向。

"终于等到了呀……"缪拉微笑了。

"是的，我用了整整二十年的时间去等待……二十年，好长的时间哪……"金银妖瞳的提督亦微笑。

"再也没有遗憾了吗……"十年前还是夹着丝丝银色的砂色头发，如今已然融化在银色的月光中。

"是的，我这一生，再也没有任何的遗憾了……"灰色的眼瞳中
有着淡然的笑意，恬淡得如同窗外的月光。

　　银色的月光中，两个透明的身影渐渐淡去。

　　缪拉回头望向墙上的电子日历。今天，是新帝国历二十二年十二
月十六日。

# 最后的玻璃钟琴

■ 出处:《银河英雄传说》
■ 原著：田中芳树

■ 文：疾风之猫

**蛊惑与救赎，是否只是镜子的两面？**

清晨，海尼森公共墓地。

没有仪仗，没有花朵，甚至没有亲人，随着细细的黄土撒到罗严塔尔元帅的棺椁上，所有的争议、猜疑、嘲讽、钦慕、爱恋、嫉妒等等各种情绪夹着漫无边际的舆论一同被埋葬在这初冬寂静而寒冷的清晨。

深夜，费沙军务尚书府。

空荡到令人压抑的办公室，奥贝斯坦以一贯的端正姿态坐在宽大的花黎木桌后，雪白的灯光照在他身上，拖下长长的瘦削的影子。毫无情绪的义眼盯着眼前的日常报告，但手中的笔却迟迟没有如往常般利落地写下批示。

掷出笔，奥贝斯坦用力向后靠在椅背上，平静无波的脸庞露出一丝难掩的疲惫。"一切都结束了吧，罗严塔尔。"懊恼地挥开垂落的发丝，紧闭的嘴角挤出苦笑，"我竟然也会被死人影响情绪，真是浪费生命！"虽然自责，但奥贝斯坦并没有继续日常的加班，站起身，脚步似有自己的意识，拖着早已被工作透支的身体走向储藏室。

打开尘封已久的门，巨大的储藏室里物品少得可怜。昏黄的灯光投在罗列整齐的物件上，愈发显出房间的空旷。掀开房间正中最大一件物品的遮盖布，一架玻璃钟琴带着与整栋房屋不协调的奢华呈现于眼前。七彩流溢，玻璃钟琴特有的光彩映着并不明亮的灯光，照在飞舞的尘埃上，勾勒出近乎虚幻的光影。奥贝斯坦仿佛被琴身的光彩刺痛了双眼，下意识地别开头，但却无法阻止回忆击溃理智的堤坝……

努力遗忘时间的过去……

"真巧，奥贝斯坦，你也对拍卖会有兴趣吗？"俊朗的身影映入眼帘，尽管是便装，罗严塔尔身后依然聚集了大量各色花枝招展的女人。

"我只对拍卖的部分物品有兴趣。"着重强调"物品"两个字，并不习惯成为公众焦点的奥贝斯坦仓促地点头打招呼后径自找座位就座，没有想到两人的座位竟然比邻。一向不善于与人相处的奥贝斯坦僵直地坐在座位上，实在不晓得在这种休闲场合，应该以什么表情面对经常在公事上针锋相对的同僚。罗严塔尔仿佛体察到奥贝斯坦的窘迫，泰然自若地微笑落座，幸好拍卖会开始的铃声缓解了奥贝斯坦的尴尬。

　　时间一分一秒过去，"下面是本次拍卖会最后一件拍卖品——地球时代，西元1981年产于美国的玻璃钟琴，按照本杰明·弗兰克林的发明用纯水晶仿制，现今世界上仅存一架。玻璃钟琴是弗兰克林最为得意的发明之一，因其纯美而独特的音质一度广泛流行于地球时代的美洲，但当时宗教界和医学界认为该琴可以蛊惑人心致人癫狂乃至死亡，对之大肆扼杀使这一艺术品最终绝迹。"随着拍卖师平板的解说，玻璃钟琴被小心翼翼地推上展示台，通透的琴身上，数个晶莹剔透的钟形水晶制品上漆着各色圆环，在恰到好处的灯光下流溢着夺目的美丽。拍卖师仔细戴上手套，轻轻转动那些玻璃钟，清亮的声响从指间流泻，带着水晶反射的七彩光芒，一圈圈漾开，捕获在场所有人的感知。奥贝斯坦呆住，从不知晓，坚硬冰冷的二氧化硅竟然能表现出如此近乎"柔媚"的旋律。七彩的光晕映着满屋华彩，带着清泉般

的声响，似冰冷又仿佛热情，似冷淡又仿佛缠绵，在不知不觉间，整个人已被迷惑。"不愧是传说中来自地狱的摄魂音乐。"曲音终止良久，罗严塔尔自语着，又仿佛说给奥贝斯坦听，异色双眸半睁，欣赏着奥贝斯坦"扑克脸"上难得的表情。惊觉自己的失态，奥贝斯坦缓缓吐出一口气，已经恢复冷漠。"地狱？堂堂统帅本部总长也相信所谓的怪力乱神？""这只是一则关于当年风靡一时的玻璃钟琴销声匿迹的传说，不过，今天我倒是有些相信了。"说着若有所思地打量着奥贝斯坦的脸庞。回想起刚才的失神，奥贝斯坦紧绷的脸上泛起红晕，反唇相讥的话语被此起彼落的举牌喊价掩盖……

　　数天后，尚书府。

　　侍从进行过例行的安全检查后，奥贝斯坦打开面前半人高的寄自

罗严塔尔元帅府的包裹——那架玻璃钟琴赫然呈现于眼前。虽然不是在灯光璀璨的展示台上，玻璃钟琴依然散发着梦幻般的美丽。伸手轻触它光洁的表面，清冷的质感从指间传来，仿佛与人产生某种共鸣，令人不忍释手。轻轻转动玻璃钟，清澈如水的音乐四泻，虽然不成曲调，但那纯美的音色也足以使人深陷其中。明明是无机物，为什么给人一种有生命的感觉？外表的坚硬包裹着内在的柔和，如料峭春风，温暖中带着只有经过极地严寒的洗礼才具有的寒意。音乐熨帖着人的呼吸，清凉从指尖渗入血液，轻易剥落所有外在的伪装，仿佛能够看透灵魂。疲惫，多年来维持的冷漠竟似乎坚持不下去，自以为早已麻木的感知在这光和音构成的阵势中苏醒，曾经因为残疾遭到的不公，不为人所理解的悲哀，和日以继夜的辛劳都叫嚣着涌向在乐曲中放松的神经。急退。奥贝斯坦紧贴墙壁喘息，待心情平复已汗湿重衫。

"罗严塔尔，我这里有一份你投递错误的包裹，请你尽快遣人拿走。"TV电话中，奥贝斯坦省略了客套，直入正题。

"不好意思，给你添麻烦了。不过既然投递错误，你就把它当作一份意外的礼物吧。"一贯的漫不经心的语气配着柔和的微笑，但眼中流露的严肃明显没有把这当作无心之过。

"我没有兴趣帮你承担错误。"

"怕被'地狱的音乐'俘获吗？……"还是没有勇气放松去正视自己？后半句话没有说出口，罗严塔尔看着荧光屏上疲惫的面容，说话的口吻迥异平日，带着莫明的沉重。

"问题是是否值得下那所谓的'地狱'。"

"下一句你是不是要告诫我作为帝国军人，做任何事情的出发点都应该是国家利益，包括是否下'地狱'呢？"罗严塔尔露出惯有的嘲讽笑容。

"阁下的行事和想法我无权过问，但请不要干涉我的生活。"

"那么，作为同僚，可不可以请你帮忙，让我寄存一样东西在你那里呢？"

"若是阁下府上空间不足，可以请内务部协调。"

"既然作为主人，您不喜欢这份礼物，那么留下也是废品。出于同僚之谊，可以麻烦您援手扔掉它么？"

……

"明天请到我办公室办理相关的寄存手续。"

当时为什么答应这样无理的要求呢？明知不合逻辑，却还是接受了诱惑，难道真是恶魔的吸引？信手拨弄着玻璃钟，依然不成曲调，

依然是纯美毫无瑕疵的音色。早已知道，地狱里囚禁的，不是摄魂的乐曲，而是自己的灵魂，自卑的，怯懦的，却又故作坚强毫不在乎的灵魂。莫非我还在希望被救赎？即使被称为干冰，也还有温度，也还在期待升华那一刻的温暖么？眼前又闪过罗严塔尔异色的眼睛，仿佛凝聚了玻璃钟琴的魔力，能一眼看穿自己最不堪的一面，脆弱，卑怯而无奈。不要！琴声戛然而止，汗水顺着光洁的脸滴落到琴身上，迅速滑落到地上，不留痕迹。深呼吸，微颤着手把遮盖布盖好，拨通了罗严塔尔遗产经纪人的电话"这里有一件罗严塔尔元帅的遗物，请于明天上午来办理交接手续。"关上储藏室的门，星光满天。

夜风拂干了汗迹，奥贝斯坦微闭眼，"一切都已经结束了。回忆和过去都不过是垃圾……"

# 二章　来自圣域

PART 2　LAI ZI SHENG YU

# 橘 子 鼓

■ **出处：**《圣斗士星矢》
■ **原著：**车田正美

■ **文：**穆迦

不要怀疑，我是坏人。

如果你们把沙加那种人定义为好人的话。

也不要跟我讲"坏人去做坏事，是因为他也寂寞呀"这样的话，会让我把你当个蠢人看的。如果我高兴，我会把你的脸贴在巨蟹宫的墙上，让你每天跟从黄泉比良坂下去的那些鬼魂说这种话，如果运气好，个别没头脑的傻鬼说不定会视你为知己的。

我相信，坏人做坏事，绝对是没有什么好申辩的。

我是戴着死亡面具的人。所以，我以DEATH MASK为名，你们可以叫我迪斯。

自己是没有过去记忆的人。其实我那个生日就是个谎言，我肯定我不是六月生日，因为当时惟一的亲戚姑妈贝沃里奇跟我说我生下来那几天帕勒莫下了大雪。

但我是在六月成为迪斯的——之前，大家都叫我法比奥，瞧，多典型的意大利名字——但大概是六七岁时我见到一个人，一个绿头发样子很年轻的男人，他说他叫史昂，是圣域的教皇，说我是被女神雅典娜选中的圣斗士，要跟他去希腊。我很吃惊，虽然自己年纪尚小，但在意大利，人人都知道，教皇住在梵蒂冈，伊曼纽尔大人，每到圣诞节，他便会站在教廷的大楼上对人们说："愿主赐福你们，孩子们！"

所以，这个自称教皇的家伙自然是个骗子，那个指使他来的自称雅典娜的女人，不是骗子就是疯子。我朝他吐了口水，然后跑掉了。

但是最后我还是跟着他去了希腊。

父亲母亲老早就死了，贝沃里奇姑妈勉强照料着我，但她每天都

被姑父暴打，姑父喝醉了就嚷嚷："你这该死的讨债小鬼，甭以为我住着你老子的屋子就非得照顾你这活该绞死的混蛋不可，总有一天，你得像你那个猪猡老子一样被人乱枪打死在西西里的街头！然后随便被哪里来的野狗啃个精光，连毛都不会剩下一根！"从可敬的姑父那里，我倒是学全了关于死亡的各种模式。

贝沃里奇姑妈说，我父亲是西西里最好的手艺人，他吹制的玻璃工艺品是全西西里岛最出色的。而我母亲则做得一手最棒的意大利菜。她常常充满感情地说着。

"但他们都死了，不是吗？"我总是这样打断她。

然后我就跑开了。其实我很喜欢她，不讨厌听她唠叨，但怕她一唠叨完就开始抹眼泪。

本来我想如果还可以忍受的话，我会和他俩生活下去的。

直到那天下午，我在街头和伙伴们跑了一趟后回到家里，发现姑父又喝醉了，在厨房里正抄起椅子殴打贝沃里奇，她当时满脸是血，可怕极了。

我应该报警的，不是吗？可我只来得及抓起身边的菜刀冲上去。

接着，看见姑父眼睛瞪得大大的，跪坐下来。贝沃里奇尖叫着："不——"

我缓缓松开手里的刀，发现它正稳稳地地插在姑父的小腹上，我的手上满是血。

我想那家伙肯定死定了，和前些天在街上看到的那个被本地黑手党干掉的老头一样，僵在那里，再无呼吸。

我掉头冲出屋子，往街上狂奔而去。

冲到威尔第广场上时，一头撞上了一个人——史昂，一个现在被我认为是骗子的人。

他蹲下来对我说："孩子，你是雅典娜选中的圣斗士，你应该——"

"闭嘴！你这死老头！你说要去希腊，我们就去希腊吧！"我急着说。

他愣了一下，笑逐颜开，牵着我的手走了。路过圣卡塔尔多教堂时，我抬起头看了看那熟悉的尖顶，还有那个有趣的十字架，我想，我这就得跟异教徒们走掉了，再也回不到亲爱的西西里了，街坊里那些一起玩闹的坏小子们可还会想念我？

西西里六月的阳光高照着，说不出的刺眼。

就是那个时候，我不再叫"亲爱的心肝小法比奥"了。

我跟着史昂回到圣域。

我先有了自己的新名字：迪斯马斯克，瞧，圣域赐我这名字，摆明了要我做奸角的。接着我有了生日和自己的星座宫。史昂说："正好，迪斯是这个时候来圣域的，那就是巨蟹座了，巨蟹宫就归你了。"

巨蟹？我没想过，不过反正自己也不知道自己真实的生日，随便哪一个都成。

然后，我就成为了巨蟹座的准黄金圣斗士。

接着我决定把巨蟹宫按自己的标准做了改建。忘了说我那个天杀的姑父，记得我逃离意大利是因为他吗？他居然很幸运地没有被我当年那一刀杀死。不过这倒挺好，我做巨蟹宫墙面装修时所用的第一张活人的脸孔便来自于他。

圣域里还有一些别的像我一样被圣域这个邪教集团四处诱骗来的小孩儿。我是天主教徒，即使总是记不清楚福音书，意大利人都是天主教徒，走到哪里都是。

穆，他是史昂的嫡传弟子，不过与嚣张臭屁的史昂不同，穆看上去没什么侵略性，脾气很好，最重要的是很聪明，也是少有的几个会偶尔来巨蟹宫和我做伴的人。

阿鲁提巴，不屑于和这家伙玩，愚蠢也就罢了，还要拼命作出与别人势均力敌的样子来，真是可笑。

撒加，他年纪大些，也比较强，不过也没什么，只不过性情闪烁不定，不是可以交朋友的那种人——谁愿意上一分钟还在说说笑笑，下一分钟就见他脸阴得可以挤出水来？

　　小艾，直肠子的热血少年，是圣域里真心相信雅典娜的少数好小孩，不是我这种人可以往来的朋友，所以，我们虽然住得近，却基本不相往来。

　　沙加，讲到他了，我知道人人都说他佛陀转世，菩萨心肠，可惜，我这人生来只见过恶魔，从来不与圣人打交道，别说打交道了，连多说一句话都怕把坏人气质传染了人家。

　　童虎，他不是我们这一辈的人，也不住圣域，跨过一个大洲到了亚洲，再找到那个巨大的中国中某一个小山上，他号称在那里隐居。

　　米罗，其实我还是蛮不讨厌他，如果要将其他的黄金圣斗士的脸贴到我的宫里去，我会让米罗等在后面。他性情爽直，偶尔会风风火火闯进巨蟹宫来嚷嚷两声："迪斯，你这里真难闻"，然后走掉。虽然不是我这种类型，但总算是个爽快人。

　　大艾，他年纪最大，史昂也有意传位给他，（不过，如果不是他年纪较大，按资排辈的话，我想，史昂其实是很想传给穆的，那小子，虽然年纪不大，但大伙都比较服他）所以，他不是我想要说的人。

　　卡妙，他不错啊，哪里不错，我也讲不上来，只觉得他可能应该是个很端正大气的人吧。

　　阿布罗狄，一句话，一个自恋狂，玫瑰花疯子，自恋到后来的结果是连打人这种最基本的事情他都要弄出些花里胡哨的伎俩来。与这种人为伍，真是人生耻辱。

　　忘了说雅典娜。我刚见到她那巨大的神像时，心里真的很是敬畏，很庄严肃穆的样子，如果不是因为城户纱织，我想我的敬畏还可以再保持一阵子。

史昂把那小女孩抱回圣域时，告诉我们，这就是女神的转生。我瞅着她的样子，就觉得鄙视，邪教一定要靠这种转生的把戏来唬人吗？

然后那小鬼没日没夜地嚎哭，教皇厅虽远，但我仍听得毛骨悚然——须知我巨蟹宫里无数鬼魂日哭夜哭，也没让我迪斯这么痛苦过。最后我认定，女神这种东西，果然是信不得的。尤其是，任何神明出现都必须是成年版，否则会让人信仰崩溃的。

算了，说别人长短不是我的特点。因为我不与别人太往来。别人眼里的迪斯可能是这个样子：冷漠，孤僻，无情，恶嗜好，不善交际，不会为人。

如果只是这些，我还得加上两条：见风使舵，没有原则。那是因为我知道史昂被干掉了,而穿他衣衫戴他面具替他下令的应该是撒加。

但我一声不吭。而且依旧服从。

为什么会知道，那是凭正常人的脑子想都想得到的事——史昂的面具忽然再没摘下来过，以前那家伙为自己青春美貌的样子颇有得意，不可能老藏着，声音也变得怪怪的——史昂虽然讨厌，但还是个明朗的人，总戴着面具且再无一句好话就证明有问题，撒加基本上再没出现过，双子宫好厚一层灰——撒加要去公干，史昂会交待一声的，但是没有，撒加消失了，史昂应该安排人手去找的，但也没有。最重要的证据是：穆不见了。

穆是史昂的心肝宝贝,他不见了比雅典娜不见了要严重得多，但史昂并未解释也未去找。而让我最确定的是穆。那小子精明得像鬼一样。如果史昂出了问题，他绝对知道，那么，能让穆知道了又不能反抗且又符合其他条件的人只有撒加一人而已。

　　OK，这么简单的解释听懂了吗？

　　先说，我迪斯不是什么天才，只是个按正常逻辑正常分析的人而已。按照我这个基础标准，圣域里比我聪明的人都应该知道。不知道的人要么是瞎子要么是蠢货。

　　但他们都假模假式地认定撒加便是史昂，好从可笑的良心上找点安慰。

　　而我则不。

　　撒加便是撒加，现任教皇便是撒加。这是明显的事情。

　　绝不自欺欺人。

　　我服从他，一是因为打不过他，也不想与他争夺什么；二是认为圣域这种地方，有实力就上吧，谁来也一样。

　　而反正都是在错误的信仰里生存的人。

　　所以，撒加说，迪斯，去除掉某某，我便去除掉某某。反正如果我不出手，其他善良的黄金圣斗士们也会因为教皇大人的谕示而去做同样的事，人家做同样的事又不愿背同样的恶名，那就让我这个恶人来罢。

　　嘿嘿，我忽然觉得自己真是好人呐。

　　直到那次要去庐山干掉叫紫龙的傻小子时，一下子与两个故人重逢——不对，是一个半故人，童虎那老怪物我在圣域就和他谈不上什么交情——看见穆从庐山瀑布的水雾中走出来，身着史昂那件白羊圣衣，竟有几分恍惚，一别十多年，当年消失时的那个好脾气小孩竟然已经是端正俊秀的青年了，而孤僻的迪斯依旧孤僻，毫不犹豫地选择做了撒加的帮凶。紫龙叫他穆先生，我心里暗叹，只有这家伙才担得起这样的称呼罢？

"我才不会那么愚蠢，同时与两个黄金圣斗士交手！"我硬邦邦地甩下这句话，掉头便走了。穆还是好脾气地微笑着。这样的重逢，连我迪斯都不好意思把心头的些许喜悦表现出来。

我是反派。

再接着就是所谓黄道十二宫之战，那几个青铜小鬼抱着为女神为和平而战的慷慨豪情杀入十二宫，当然，战无不胜，我玩不过年轻人的豪迈，被打入自己的黄泉比良坂，但坠下去的瞬间，其实很想告诉那些一根筋的小子们，这个世界，不是人家告诉你是怎样便是怎样，不是自己相信的就是对的，或者，这个世界压根也就没有所谓的对与错——最重要的是，我还是一如既往地讨厌城户纱织那张虚伪的脸，

真想让星矢听一听他所热爱的偶像小时候白痴一样的号哭。

果然是彻底的反派吧？

你问我为何在叹息墙面前跟着好人们搀和？那是没有办法的啊，我不参加，势必要成为他们的公敌，公敌的意思就是说我得一个人对正义的十一个，啊，以寡敌众，以弱对强不是我迪斯喜爱的事情。横竖是个死，左右不过送个人情。

就要消失的刹那，我看见或聪明或愚蠢的圣人们脸上都露出心满意足的微笑，好像吃饱了饭在意大利澄澈的阳光下喝着咖啡一样，只好跟着挑出些笑容来才协调一些，然后看见穆，听见他微笑着说，"迪斯，你这家伙的笑容不怀好意。"

我真正笑起来，"你说得没错，我在想如果投胎转世我想做一个

可以在祸胎雅典娜儿童时期就可以掐死她的人，没有她这个世界才会真正安静下来，穆先生。"

穆仍旧微笑。我也忍不住笑起来。

还是西西里的阳光最明亮。

我想，贝沃里奇做的甜曲奇味道真好，就是糖放得太多了些。如果我回家去，她会问我：亲爱的小法比奥，你还好吧？她上回送我的那个橘子鼓，我把它藏在哪儿了呢？

迪斯是谁？

# 命运的羁绊

■ 出处:《圣斗士星矢》
■ 原著: 车田正美

■ 文: 紫气东来

一

我知道,这场战争无法避免。

我必须服从我的主人,我的王,哈迪斯陛下的命令,摧毁圣域,取回雅典娜的人头。

我狠狠地掐着那人的脖子,狠狠地,拼命地,我要让他死。

那人紫色的头发凌乱地散落在冰冷的石阶上,蜿蜒地扭曲着。

卑微的挣扎,呵呵。

我的指甲深深地嵌入他的皮肤。月光下,他努力地张开眼睛,看着我。那还真是双漂亮的眼睛啊,在惨白的月光下澄澈而灵动。不过可惜的是,我最讨厌漂亮的东西。

所以，我要让它消失。

而一阵剧痛却由我的背部袭来，接着我感到我的整个身体被一股强大的力量重重地抛了出去。

当我努力想看清攻击我的敌人时，我发现我什么都看不见了。随后我出现了耳鸣。不，不是耳鸣，是一种杂乱而浑厚的低沉的声音，是念经的声音。那声音不大却不断侵蚀着我的耳膜，在我的脑中嗡嗡作响。昏迷中，我听到有人在对话。

"穆，为什么不出手，你完全可以还击的。"

"沙加，你出手太重了，她只是个小女孩。"

之后，我就被那惊涛骇浪的经声淹没了。

## 二

我叫希尔达。

自我有记忆开始，我就和两个哥哥在一起。他们一个叫穆，一个叫沙加。穆有一头很漂亮的紫色长发，他总喜欢用一根细绳很轻巧的将头发束成一束。我很喜欢他的眼睛，碧蓝碧蓝的，让我想起帕米尔高原上淙淙流淌的小溪，澄澈而清亮，偶有小鱼游弋而过。而沙加哥哥，总给人一种很难接近的感觉。他冰蓝的眸子总是凝视着空中似有似无的某处。穆总是会很亲切地叫我：希尔达，希尔达。但沙加不会，他的眼神只会在一个偶然掠过我，然后又悠悠然停留在空中的某处。

听穆说，沙加是最接近神的人。

　　平时,来处女宫的人并不多。我最喜欢那个叫米罗的,因为他每次来,都会带上那个会做雪糕的加妙。这样,我总能吃上一支味道绝美的雪糕。我也喜欢看米罗吃雪糕,他每次都吃得满脸都是,然后我就去扯他那乱乱的头发,然后他会故意将雪糕弄在我的脸上,而我就会笑上好一阵子。

　　沙加哥哥从来不笑。我只见他笑过一次,那是穆从帕米尔高原回来,沙加哥哥很开心。我知道,在穆离开的日子里,沙加每晚都会静静地站在白羊宫前,许久许久。我想,对于沙加来说,穆一定是个好特别好特别的人。那天,沙加带着穆和我来到了沙椤双树园。我第一次知道在处女宫旁竟会有这样一个世外桃源。还记得那是樱花盛开的季节,粉色的樱花,一片一片,粲然而坠,落满了整个世界,金色的阳光在花瓣的间隙跳跃着。

　　我伸出手,迎向这片樱花,"沙加,沙椤双树园的花好漂亮。"

　　我扭过头,穆还是那样淡淡地笑着。而就在那一瞥中,我惊见了沙加的笑容,那如暮霭般轻轻荡漾的笑靥。

　　"也许有一天,我可能,再看不到这般景致了。"沙加说。

　　"为什么？"我心中一紧。

　　"因为要提升小宇宙,必须牺牲五感之一。"穆看着沙加,"你……准备……牺牲视觉？"

　　"是的。世上的万物在我眼中本无任何形态。你是知道的。"沙加望着穆。

　　"为什么？"我忽然觉得有种莫名的伤心涌上心头。

　　"要成为一名优秀的圣斗士,保护女神雅典娜。"

一片樱花悄然而下，我却听到了那一记重重的落地声。

"成为优秀的圣斗士。我会成为最好的圣斗士。等我回来，好吗？"在阳光灿烂的日子里，一个荡漾着金色笑容的男孩对我说。

我多么想告诉他会的会的我一定会等他的，倏然间，阳光破碎了，笑靥被一阵阵炽热的劲风吹散了，然后鲜血涌了出来，连同蓝色的火焰，腐朽的枯骨，痛苦的哀号……

还是他，长长的白色的头发遮住了他的笑容。

"如果有一天，我……"

"我会杀了你的。"我听见自己说。

他笑了，一如既往的灿烂。

是的，我杀了他，鲜红而温暖的血液顺着我的剑尖，一滴一滴，落在炙热的火焰里。

"不要哭。"他最终用手轻轻拂过了我的面颊，带走了我的一滴泪。

我的眼泪不住崩溃了啊，而那只手却再没为我拭去一滴泪……

"卡尔！"我大声叫道，却发现自己躺在床上。

穆说，我在沙椤双树园里昏倒了。

之后，我再也没有做那个奇怪的梦。

一日，一日，我的身边总是有穆和沙加，还有调皮的米罗，可爱的小鱼儿，莽撞的小艾，稳重的大艾……

十年，我就这样生活了十年。大家说，我是一个快乐的孩子，因为我的脸上总是挂满笑容。是的，当我看见沙椤双树园飞扬的樱花时，我就笑容满面。

# 三

一天，忽然的一天，世界变了。没有任何冲突，没有任何挣扎，我的世界，变了。

那时我在沙椤双树园，眼看着漫天飞舞的樱花，而就在那片片樱花中，闪耀出一幅幅似曾相识的画面：花园中拥有温暖笑容的男孩，那蓝色的火焰，冰冷的泪，白色的头发，还有那个差点被我掐死的穆。就这样，我平静地记起了一切。那个曾发誓要成为最好的圣斗士，却在死亡皇后岛受训时丧失心智，被我一剑刺死的——我的青梅竹马的玩伴——卡尔。还有那个悲伤愤怒的我，在刺杀死亡皇后岛岛主失败后，失去了理智，几乎杀死穆……

不记得那天我是怎样走出沙椤双树园的，也不记得是怎样碰到小

鱼儿阿布罗迪的，只记得阿布罗迪站在好大好大一片玫瑰花中，悠悠地说，他最喜欢玫瑰花。

可是花为什么要凋谢呢。我看到了他眼中深深的黯影。

我没有把我恢复记忆的事告诉任何人，我依然保留着"希尔达"这个名字，这个由穆和沙加为我起的名字。

我也时常想起卡尔，想起他冰蓝的眸子，竟和沙加是那么的相似。午夜梦徊，当我看见那个和你有着同样眼神的人，这究竟是上天的恩赐，还是命运的又一次捉弄？

而沙加的小宇宙一天比一天强大，我担心的那天终于来到了。

我不准你闭上眼睛。我坚决而绝望地说。

但我的劝告根本是毫无意义的。沙加背后的光圈越来越大，我听

到那阵阵深邃而浑厚的经声在光圈里越来越密，铺天盖地而来。

难道这就是佛主的声音吗？在我看来，却宛如一声声万劫不复的诅咒。

沙加！

我抽出一把刀,发疯似的向自己刺去……

鲜红的血液流连在刀尖,渐渐蔓延,绽开,染红了我的肩膀。

我一把抽出了刀,又再一次地狠狠地将它插进身体……

"请等我回来。"那个拈花的少年郎向我伸出手,他冰蓝的眼睛悠悠荡荡。

第三刀……

沙椤双树园中,那个拥有同样冰蓝眸子的男孩,他的笑容如此缥缈。

第四刀……

"成为最好的圣斗士,保护雅典娜。"

卡尔,他本是那么天真的一个男孩,却在死亡皇后岛受训时变成了杀人机器,我永远忘不了他痛苦怒吼,他求我,求我杀了他。还有我的姐姐,因为是"被神选中的人",她走了,走了,留下家人的尸体,留下嚎啕大哭不谙世事的我……抛下朋友,抛下亲人,抛下所爱,抛下自己的梦,成为那个"被神选中的人",成为圣斗士,这到底是光荣的使命,还是宿命的禁锢？

也许我是自私的,我只想拥有自由,不再为与生俱来的命运操纵啊！

难道我错了吗？我忽然觉得脚下一片虚空,我不断地下坠,我从未如此快乐地下坠过。

"你干什么！"我听到了穆悲伤的训斥，他一把扶住了我。

"沙加……"我看着那金发的男子微微地闭着他的眼睛。

朦胧中，我看到穆的眼神一下子变得很决绝很决绝。最终，他还是用星光灭绝将沙加背后的光圈冲散了。那金色的光点纷纷飘然而下，"好美啊……"我轻轻地说，"沙加，你看，好美啊……"

沙加睁开了眼睛，但他的眼里只有穆。

第二天，穆对我说，他要走了，和贵鬼一起回帕米尔高原。

我看着他，苍凉的天空映在他灰色的瞳孔中，一片风轻云淡雁过无痕。

穆紫色的长发就这样消失在我的视野中，我想，也许有一天，我会在这样的风中看到那个拥有紫色头发的男子，那时漫天的星光一定都散乱在他的双眸中。

穆走的那天，夜里忽然倾盆大雨。

而沙加，则在白羊宫前站了一晚。

穆走后的一天，我也离开了圣域。我决定去杀死亡皇后岛岛主，仇恨始终是要继续的。

就这样又过了几年，我却始终没有刺杀成功，每次都把自己弄得遍体鳞伤，身体的健康也每况愈下。

有一天，我病了，很重很重的病。一连几天，我一刻也不敢合眼。因为我害怕再也无力睁开了。我没有向任何人求助，我不需要任何人的同情和怜悯。但每当病发之时，在那婉转凝重的黑暗中，在那噬入骨髓的孤寂中，我的眼泪还是不争气地流了下来。我想起了他——沙加。

穆说得没错，我其实是个脆弱的人。在一个风雨交加的深夜，我终于忍不住燃起了小宇宙。我对自己说，我一定要见他。

但是沙加一直都没有来。我的病情越来越重，我似乎已经听到了死神的呼唤。

此时，有一个人闯了进来，呼唤我的名字：希尔达，希尔达……

我努力地睁开眼睛。是穆。

你怎么样？穆焦急地问。为什么他不来，我的心一阵抽痛，任由目光游离于门外。忽然我感到一个熟悉的小宇宙，难道……

沙加！他一点也没变。还是那样的让人觉得遥不可及，金色的长发飘逸在风中晕成一片，惹得可触及的空气乱成一团。

而他还是闭着他的眼睛。

是沙加感应到了你的小宇宙，当时他在死亡皇后岛无法立刻赶回

来，穆说。

"我杀了死亡皇后岛的岛主。"沙加平静地说。

接下来的几天，有很多人都来看我了。

小淘气，快点好起来吧。米罗灿烂的笑容，明亮到让我心碎，但我能感觉到，那笑容已经不再纯澈。是的，悲伤，我看到一片悲伤。同样悲伤也在加妙的眼中，在米罗快乐地吃雪糕的时候，在小鱼儿将如血般殷红的玫瑰刁在口中的时候，在小艾深情地讲诉哥哥的背叛和死亡的时候，在我想起大艾华美如同凤凰翱翔的身影之时……

但我的病情抹杀了我的回忆，我停止了我的思想。因为我再无权利，无论是希冀还是苦痛。我惟有努力地睁开眼睛，直至双眼噙满泪水，我才明白自己原来是这样深爱深爱着这个世界。

沙加对我说，有些事情当我们无法控制时，就平静地等待结果吧。

我要活下去。我要为自己活下去。

我对自己说……

# 四

但是我的病情却依然不见好转，只是不断地加重。

一日深夜，从黑暗中走出一个穿紫色衣服的女子，她的周围也笼罩着一层淡淡的幽幽的紫光。

姐姐！她居然是我的姐姐——潘多拉！那个因为是"被神选中的人"，很小就离开我的姐姐！

"妹妹，跟我走吧。我们都是被哈迪斯选中的人。"姐姐潘多拉对我说。

"你胡说！"我听到自己歇斯底里地声音。

"跟我走吧！希尔达。"我的姐姐轻声说，那个在黑暗中的你才是真正的你啊。

"不——"我连颤抖都是那样的无力。

"跟我走吧。我们的王，在等着你呢。你在这是无法继续生存的。"

我最终还是跟姐姐走了。因为，我想要活下去。

冥界河是一条黑色的河流，幽深而汹涌。我跟姐姐潘多拉站在船头，风刮得我眼睛生疼，眼前有一轮苍凉的落日，温暖而绝望，却注定沉入永无止境的黑暗。

十年。在冥界，我一待就是十年。姐姐说得对，我是被选中的人。在这幽深安详的黑暗中，我感到很宁静很安逸。

还有我的王，我第一次见到他时，他是那么的高高在上，光影遮盖了他的面容，我只看见他灰暗的长发。还记得那时他一步步逼近那个拒绝向他顶礼膜拜的我时，我感到了一阵前所未有的压迫感和威慑力。他一把捏住了我的下巴，我的整个身体几乎被他抬了起来。而映入我眼帘的是一张绝美的容颜，没有穆的温柔，没有沙加的清冷，有的是不可一世和桀骜不驯。但是他却冲我笑了，倾世的一笑，无邪的一笑，深深的一笑。居然是这样的笑容，这样的面孔，这样的王……

我知道，我看到的这笑容是沙加从来没有过的表情。

# 五

在冥界的十年里，我每日傍晚都会和哈迪斯一起听曲子。听说那曲师是来自圣域的，我不知道他为什么会在这里，在那些圣斗士心里，有什么比保护雅典娜更重要呢？而在一次听曲时，我忽然感到圣域有许多小宇宙在迅速膨胀着，然后在那最灿烂的瞬间消失了。先是迪斯，然后是加妙、修罗、阿布罗迪……猛然间，我发现一滴泪水滑过了我的脸颊。加……妙……俯仰间，我似乎看到了米罗眼中一闪而过的泪光。米罗，米罗，你还是那个胡乱吃着加妙做的雪糕的米罗吗？

时光飞逝，但那些曾经灿烂燃烧着的小宇宙再没有重现过……

王察觉到了我的一切。他轻轻地帮我拭干了我的眼泪。

"希尔达，真正的战争还没开始呢。"

终于有一天，王让我走出了哈迪斯城，来到了圣域，而我的身后则是一百零八个冥界士兵。我面朝着圣域，面朝着我的笑声曾经驻足的地方，面朝着断壁残垣的苍凉悲壮，面朝着樱花的偶尔飘零，泪流满面——

"你不怕我背叛你吗？"我仰头看着哈迪斯那依旧绝美的容颜。

"你认为你会背叛我吗？"我的王，哈迪斯，依旧微笑。

……

取回雅典娜的人头，这是哈迪斯陛下给我的使命，因为没有人比我更熟悉脚下的这块土地了。

一阵阵破碎的风吹得我黑色的长袍冽冽作响……

我感到了沙加的小宇宙在急剧膨胀着。

沙加……

恍然间，十年的时光刹那灰飞烟灭。在灿烂的阳光下，那个赏花的少年郎轻轻的笑靥，在他身边绽放出好温暖好温暖的花朵。他的笑容破碎在时光里，在我眼前，摇摇晃晃。横亘生死而来的叫人惊恐的绝望，在我心中浓烈地蔓延，只记得当时笑着的女孩那几个摇摇欲坠的字眼：沙加，沙椤双树园的花好漂亮……

迷茫，于是使内心感到苦痛。

挣扎，于是使身体感到痉挛。

"杀光所有的人——"

我说着残酷的字句，却心情如此平静。

是的，平静。

平静得如樱花，一片一片，凋谢在我脸上。

就连沙椤双树园的花，都凋谢了呢……

故地重游，我感怀着想。

"继续前进！"

与此同时，我挥了挥手，决绝地对后面的冥界士兵喊道。

# 不灭的星光

■ 出处:《圣斗士星矢》
■ 原著: 车田正美

■ 文: 怜星

　　三月的希腊还是很凉的，特别是晚上。爱琴海上潮湿的空气经过夜风的爱抚也就变得不那么可爱了。偏偏这个时候却是希腊最易起风的时候，湿冷的夜风丝丝缕缕，无孔不入，透过教厅宽大的门缝毫不客气地钻进教皇大人的领子里。史昂不禁打了个寒颤。

　　"果然是老了啊！"史昂有点自嘲地想，"当年即使是水瓶座的黄金战士，也不会那么容易让我打个哆嗦。"同时，又有几股冷风钻进来，于是史昂终于决定要去加件衣服。其实，身为圣域的最高统治者，史昂完全可以叫杂兵们抬个暖炉来，但是多年的经验，或许是习惯让史昂觉得只有让自己的头脑处在一个比较冷静的环境里，思维才能比较敏锐。他甚至固执地认为，教皇厅之所以建在最高处，并不是因为安全或者权威，而是因为山顶的风比海面上的更加清冷些。史昂认为以前住在白羊宫地的时候也没有什么不安全；至于权威，上一代的黄金圣斗士中，自己的话似乎就比当时教皇的话更加权威；所以，环境就是教厅选址的惟一原因。在盛夏的夜晚，史昂甚至会把办公室移到星楼上去，虽然他的这种观点并不是有很多人赞成，但圣域上上下下所有人即使对教皇的这种习惯不理解也不敢贸然说些什么。

回到卧室，史昂在自己众多的衣服里还是选择了那件深蓝色的天鹅绒披风，系带子的时候眼光无意中扫到了日历，忽然顿住，3月27日，今天？史昂怔了怔，差点忘记了自己最爱的弟子穆的六岁生日。虽然圣域里是不允许圣斗士过生日的，但是史昂还是想在今天去看看穆。

穆坐在白羊宫前的台阶上，望着满天的繁星，紫色的大眼睛比星光更明亮。穆看得专注，连史昂什么时候站在他身后也不知道。

"穆，"史昂的声音突然响起，"在做什么呢？"

穆吓了一跳，赶紧站起来，见是师傅才松了口气。穆慢慢走到史昂面前，脸上俨然是一个犯错的孩子的表情。"师傅，对不起！"穆轻轻地说道。

"什么？"史昂一头雾水。最近公务繁忙，好久没有见到穆了，他似乎又长高了，史昂有点欣慰地想。想到刚才穆的道歉，史昂觉得有点疑惑，在他心里，穆一直是个乖巧懂事的孩子，除了专心地练功就喜欢静静地看书，这不仅让史昂放心不少，更让他省心不少。像他这样的孩子，也会闯什么祸吗？

"怎么了，穆？"史昂蹲下来，轻声询问自己的弟子。

"师傅曾经教导我，身为白羊座黄金圣斗士，一定要时刻保持高度的警觉。而我却在刚才放松了警惕。"穆认真地说道。

史昂皱了皱眉，想起上次他来到白羊宫时，恰逢艾奥利亚他们来找穆玩，他们的笑声传得很远。那天穆是在史昂已经走进白羊宫时才发现他的，这让史昂很不满意。那天史昂严肃地告诉穆，白羊宫作为十二宫的入口，具有非常的意义。身为白羊宫的守护者，要时时刻刻保持高度的警觉。这也是为什么历代白羊座的圣斗士都必须精通念动力。作为惩戒，史昂命令穆七天七夜不眠不休专心锻炼念动力。

穆内疚的样子让人心疼，史昂怜爱地抚摸着穆柔软的紫发，"不要紧，穆。这次为师是瞬移过来的，不怪你。"

穆释然的表情令史昂的心情也明朗起来，史昂轻轻地抱起穆，笑着问："刚才你那么专注在看什么呢？"

"啊？我在找白羊座。"穆有点不好意思似地说，"米罗他们都找

到了自己的星座，只有我的白羊座还没有找到。"

"呵呵。"史昂笑了指着远处一个刚刚跳出地平线的星座说，"那就是我们的白羊座，前几日你找不到它，是因为它在地球的另一面。"

"那个就是白羊座啊！"穆吃惊地瞪大眼睛，目不转睛地盯着自己的星座。"真的哦，那三星星真像是弯弯的羊角。"穆忽然高兴得拍手，"太好了，我也找到自己的星座了！"

看着穆兴奋的样子，史昂的内心充斥着一种浓浓的满足感。

"穆，你知道吗，生日的这天对着自己的星座许愿，是可以实现的，今天是你的生日，你想许什么愿望？"

"啊？真的吗？"穆歪着脑袋看着史昂。

"嗯！"

"我要做一个像师傅一样优秀的圣斗士！"穆回答得干脆。

史昂却高兴不起来，二百多年的孤独岁月在一刹那间划过脑海，难道穆也是此生注定孤独吗？

"师傅？"穆拉拉史昂的衣领，"我说错了什么吗？"

"不，我很高兴，穆！"史昂边说边放下穆，"那以后可要好好练功哦！"

"嗯！"穆用力地点点头，明亮的眼睛里透着决心。

"穆，今天是你的生日，我有一个礼物送给你！"史昂忽然发现自己或许已经有点开始溺爱这个孩子了。

穆睁大眼睛望着史昂，满眼期待。

史昂微笑地抬起手，瞬间聚起一片灿烂的星光。穆被眼前华丽的星光惊呆了，纵然凝聚日月的光华，只怕也不抵这里的一粒星屑。

"师傅，这是……这是……"穆喃喃说道。

"星屑旋转！"史昂微笑，"从明天起，这就是你的新课程，只要你用心学，总有一天也能做到的。"

"我也可以？"穆感到难以置信。

"对！穆，记住，你是白羊宫的主人，你一定要做到。"

那一夜，史昂一直陪在穆的身边……

生日许下的愿望真的实现了，穆的七岁生日这天，他已经获得了白羊座的黄金圣衣，是真正的白羊座黄金圣斗士了。此时女神已然降生，史昂变得更加忙碌了，自穆取得白羊座黄金圣衣那天到现在，穆甚至没有见过史昂。

　　像去年一样坐在白羊宫前的石阶上，穆望着远处闪烁的白羊座。"师傅他会来的，一定会来的！"穆这样想，"去年师傅答应过我的，今年还要陪我一起许愿，他一定不会忘记的。"

　　时间一点一滴地过去，马上就要到午夜了，史昂却仍然没有来，穆不禁觉得有些沮丧。但他仍然固执地认为，师傅或许就会在下一秒瞬移到白羊宫。

　　忽然，穆感到师傅强烈的小宇宙，还有另一个强大而且充满攻击性的小宇宙。接着，师傅的小宇宙消失了。穆的第一反应是有人入侵圣域，刚要跑去教庭帮助师傅，忽然想起史昂对他的教导："白羊宫是十二宫的入口，是十分重要的……要时刻保持高度的警觉！"穆停了停，终于收回已经迈出的步子。他忽然猛地转过身，对着白羊座方向虔诚地说："我要师傅永远平平安安的和我在一起！"抬起头时却

发现古老的时钟早已开始了新的一轮旅程。

　　那夜，穆独自一人坐到天亮，带着各种揣测与不安。那天，穆才知道，夜原来可以这么长。当再次见到那个身穿教皇袍的人，穆明白，他再也不能见到自己最最敬爱的师傅了。成为一个像师傅一样的圣斗士是他的愿望，那么，师傅年轻的时候是在帕米尔修炼的吧！于是，穆独自去了帕米尔。

　　和圣域相比，帕米尔的日子是单调的，但是并不无聊。在古老的石塔里，穆找到了历代白羊座战士的藏书以及手记。这些书稿大部分是关于白羊座招术的技巧以及一些星座典故之类的，也有不少是有关医学的。当然，里面不乏某些战士对记日记情有独钟的，在他们的日

记本里记录着各种各样有趣的故事。然而令穆遗憾的是，所有日记无一例外的是被突然中断的。整整六年中，穆除了每隔几个月不得不去集市采购一些生活必需品以外，不练功的时候，他就静静地坐在塔里看书。很多他认为有价值的文稿都被他整理好，再把它们统一译成藏文和中文。

这样的生活，穆甚至几个月都说不了一句话。当然，有时候压抑得久了，穆也会到帕米尔的最高处一个人对着天空说上一整天的话，只是没有人知道此时他会说些什么。这种寂静而闲散的生活在贵鬼出现的那一天便一去不复返了。

穆说不清楚那天在雪地里捡到贵鬼是个偶然还是必然，因为一般来说普通人是不会轻易到海拔那么高的地方的。更何况是一个未满周岁的孩子。穆发现贵鬼的时候，雪几乎要将那个小小的斗篷掩埋了，

斗篷中的孩子已经冻得面色青黑。穆将手轻轻放在孩子的颈上，尽管很微弱，穆还是清楚地感觉到孩子脉搏的跳动。将自己的披风扯下，裹在孩子身上，穆立刻瞬移回到塔里。

穆把孩子抱在怀里，感到那幼小的生命正在不断地流失。穆忽然感到一阵恐惧，心中有种强烈的愿望要救活这个孩子。金色的小宇宙刹那间笼罩了全身，不是战斗前的炽烈，而是丝丝缕缕的温暖。当孩子在穆的臂弯里发出第一声啼哭的时候，穆笑得满足，不知是汗水还是什么轻轻地滑过穆带着笑意的脸颊。

"孩子啊，我该给你起个什么名字呢？"穆笑着问怀里的孩子。

听了他的话，孩子忽然止住了哭啼，水灵灵的大眼睛望着穆。"Kiki……Kiki……"孩子不断地重复着这两个音节。

"Kiki……"穆重复着,"Kiki?贵鬼?"穆笑了,以后就叫你"贵鬼"?

"Kiki……Kiki……"孩子一边笑着,一边继续重复着这两个音节。

很快,穆发现他其实为自己找了一个多大的麻烦。一向对自己颇为自信的穆终于明白即使是黄金圣斗士,也并不意味着任何事情都会比普通人做得更好,至少,他不会带孩子。他清楚地记得自己第一次给贵鬼喂奶时,居然会忘记将奶嘴上开一个孔,任贵鬼咬着奶嘴不停地哭,却就是不见瓶中的奶水下去一点点儿。当终于找出症结,穆又发现自己不管以怎样的姿势抱着贵鬼,都不能阻止贵鬼将咽下的奶水吐出来。穆所有的自信在那个时候瓦解,但这个要命的小家伙仍然不领情地大声哭闹。穆认为自己最大的败笔就是最终是自己不得不使用念动力迫使贵鬼咽下他的早餐。

自从有了贵鬼,穆去集市的频率高了很多,大部分是为了给贵鬼买新鲜的羊奶。但是贵鬼却越来越黏着穆,只要穆把他一放下,他便哭闹个不停,弄得穆左右为难。后来穆干脆买回来一头产奶的母山羊,本来想这样可以随时为贵鬼提供新鲜的羊奶,但很快穆就悲哀地发现,自己根本不会挤羊奶。

不管怎样,贵鬼还是在穆手忙脚乱的抚养下渐渐长大,穆一直认为能把贵鬼带大是自己这辈子最大的突破,即使是当年为了取得黄金圣衣,穆也没有费这么大的劲。这个孩子越发长得可爱,大大的眼睛,红润的脸蛋,如果不是亲身经历,穆怎么也不会想到这就是那个当初在雪地里快要被冻死的孩子。

直到穆发现贵鬼额上渐渐显现出的白羊座特有的印记时,穆开始觉得自己和贵鬼的相遇是冥冥中注定的了。从史昂那里和历代白羊座战士的手记中，穆也知道每一代的白羊座圣斗士都会有一个附加，或许，贵鬼就是他的附加吧。这个猜测在半年后的某个早晨，穆亲眼见到贵鬼躺在床上隔空抓取自己心爱的玩具时得到了证实。贵鬼是和他一样天生具有念动力的人。

时间过得飞快，转眼贵鬼已经五岁了，成天跟在穆的后面，活像穆的小尾巴。穆觉得似乎应该教贵鬼一些东西了，即时不是为了做附加，至少自己不在他身边的时候他也可以保护自己吧！

"真的？先生是白羊座的圣斗士？而我是先生的附加？"贵鬼睁大了眼睛看着穆。

"嗯！"穆笑着回答。

"那我也是白羊座的？"

"当然！"

"哇哈……太棒了，我和先生是一个星座的啊……哈哈！"小孩子表达感情的方式永远这么简单。

看着贵鬼兴奋的样子，穆原本准备的话又说不出口了，这个孩子还不知道圣斗士是什么，不明白附加的意义，却会仅仅因为和自己是同一个星座就高兴成这个样子。可是这些究竟是幸还是不幸呢？穆有点儿无奈地想。

贵鬼虽然顽皮，却也是个勤奋的孩子，穆教他修圣衣、教他水晶墙，教他自如地运用念动力，也给他讲有关希腊神话、雅典娜女神以及圣斗士的故事。聪明加上自身的勤奋，贵鬼提高得很快。

　　可能每个孩子取得小小的成绩以后都会有点儿骄傲,甚至有点好高骛远的吧,特别是像贵鬼这样在穆的宠爱中长大的孩子。

　　"哇……先生救命啊……"听到贵鬼的哭喊,穆立刻赶到,却看见一块巨石正在急速地下落,而正下方是正在哭喊的贵鬼。一着急竟然忘记了运用念动力,穆对着巨石发了一记星光灭绝,巨石瞬间消失在一片星光里。

　　"贵鬼!"穆抱起惊魂未定的贵鬼,"先生在这里,没事了!"

　　"先生……"贵鬼搂着穆的脖子,"哇……"又哭了起来。好一会儿,贵鬼才抽抽噎噎地告诉穆,"我想试试能不能把那块石头移到塔顶,结果不小心让它掉下来了……"

　　穆真的不知道该说些什么,看见贵鬼仍然带着泪珠的脸,所有责备的话都咽了回去,"那以后千万不要这么调皮了!"

　　"嗯!"贵鬼的嘴瘪了瘪,把穆搂得更紧了。

　　真希望这种平静的生活可以持续下去,但是穆知道,平静的生活对于圣斗士来说,是最大的奢侈。当紫龙背着两件破损不堪的圣衣来找他的时候,穆明白女神与教皇之间的战斗终于拉开序幕了。

　　被紫龙的鲜血唤醒的圣衣充满了新的生命力,在夜色中闪烁着耀眼的光。紫龙却还没有醒来。穆轻轻抚着刚刚修好的天龙座圣衣,眉头紧锁。

　　"先生……"贵鬼这两天难得不调皮了,很用心地照顾着紫龙。此刻他的大眼睛里充满着担忧,"先生,紫龙哥哥会不会死掉?"

　　"不知道!"穆坦率地回答,"这要取决于他自己的小宇宙。"看着贵鬼担心的目光,穆安慰他说,"不过你放心,紫龙哥哥有他守护的天龙星座保佑，他应该会闯过这一关的。"说着，他指着天上的天龙星座，"贵鬼，你看，天龙星座的光并没有黯淡下来，这说明紫龙的小宇宙之火也并没有熄灭，我们应该相信他，不是吗？"

贵鬼盯着天龙座看了一会儿，忽然开心起来，"先生说的是呢！我相信紫龙哥哥。"忽然，贵鬼想到什么似的，"先生，我们的白羊座在哪里？"

"白羊座？"穆指着远处略高出地平线的某处，"那就是我们的白羊座。"

"啊……那就是白羊座啊？"贵鬼兴奋地叫着，"看起来比天龙星座更亮呢！"

穆忽然想起十几年前师傅的话"生日这天对着自己的星座许愿是会实现的"。这么多年来，自己从来没有过过生日，甚至从来都不愿

意想起自己的生日。可能正是由于这种原因，贵鬼也受到了牵连，从小到大从没有过过一次生日。或许贵鬼也有什么愿望希望实现吧。

穆从来不知道贵鬼的生日是哪一天，当然凭穆非凡的念力，想知道是轻而易举的。穆略一凝神，立刻算出贵鬼的生日居然是今天。这也是天意吧！

"贵鬼……"穆决定破例一次，"你知道吗，今天是你的生日。"

"啊？什么是生日？"

"就是你出生的日子，贵鬼。"穆笑着说，"今天你已经满八岁了。"

"今天？我八岁？"

"贵鬼，"穆指着白羊座对贵鬼说，"我的师傅曾经对我说，生日这天对着自己的星座许愿，是可以实现的。你有什么愿望吗？"

　"嗯……"贵鬼认真地想了想，然后对着远方闪烁着的白羊座喊道，"我要和先生永远不分开！"

　忽然有什么东西像是堵在穆的心里，穆不知道自己是因为当初没有许和贵鬼一样的愿望而后悔，还是为贵鬼的愿望实现的可能性而担忧。然而，过去的终究过去，该来的还是会来。

　在女神他们抵达圣域的当天，穆也回到了圣域，来不及和昔日的伙伴叙旧、来不及清理白羊宫沉积多年的尘土，甚至来不及好好看看久别的圣域，那几个孩子已经到了白羊宫前。

　一个小时内修补四件伤痕累累的圣衣毕竟不容易，等到第一格的火熄灭的时候，穆全身已经被汗水浸透了。本来想多告诉他们一些有关十二宫的情况，但是没有时间了，只能简单地告诉他们领悟第七感

的技巧，然后眼看着他们匆匆离去。

　穆走到女神身边，尽管生命垂危，这个只有十三岁的少女依然很平静，丝毫不担心自己会有不测。"女神，在星矢他们回来之前，就让我来保护你吧！"穆轻轻说道。穆抬头看着天空，"师傅，女神和撒加之间的战斗终于开始了。"

　三个小时后，穆感觉到迪斯的小宇宙消失了。

　五个小时后，沙加的也消失了

　再后来，是修罗与紫龙的，卡妙与冰河的……都消失了……

　"真是惨烈的战斗呢！"穆想。

　"先生……"卡妙和冰河的小宇宙消失的时候，天上飘起细细的雪，突如其来的寒冷让贵鬼习惯性地靠紧了穆，但是随即又立刻离

开。黄金圣衣比空气更加冰凉。穆看了看自己的弟子，扯下自己的披风叠了叠给贵鬼裹上。

"先生……"贵鬼的眼中噙满了泪，"紫龙哥哥和冰河哥哥都死了吗？"

穆点点头。

"先生，紫龙哥哥他们为什么要和黄金圣斗士战斗？"

"他们是圣斗士，他们要保护雅典娜女神！"穆认真地回答贵鬼的问题。

"那先生也是圣斗士，也要保护雅典娜吗？"贵鬼的声音听起来像要哭出来似的。

"是的！"

"先生……"贵鬼的眼泪终于掉了出来，"先生是不是也会……"

话没有说完，贵鬼已经哭出声来。

"贵鬼，"穆搂着自己的弟子轻声安慰道，"先生不是就在你身边吗！"

"先生……"贵鬼抱住穆的脖子大哭，不再介意圣衣的冰凉，"我不要和先生分开，我一定要成为像先生一样厉害的圣斗士，我要保护先生……"

"傻孩子……"穆轻轻说道。

"先生，你教我武功好不好？"贵鬼以从来没有过的认真的口气说道。

"什么？"

"我也要学白羊座的秘技星光灭绝，我也要像先生一样！"贵鬼看起来非常严肃。

　　"星光灭绝是需要强大的念动力才能发出的，你想学星光灭绝，就先好好联系念动力吧！"穆说道。

　　"嗯！我以后再也不偷懒了！"

　　最终，女神得救了，撒加自尽了，青铜圣斗士们也都有惊无险。然而，圣战未开，十二宫却已经空了一半。

　　这段时间穆变得空前地忙碌，忙着将牺牲的黄金圣斗士入殓，忙着修补在战斗中损坏的圣衣，忙着帮女神处理圣域的事务，更忙着为即将到来的圣战作准备。

　　果然，十二宫之战只不过是一个序幕，很快，海皇波赛东又兴风作浪，女神被关进生命支柱里承受着全世界的雨水。为了摧毁七大洋支柱，天平座童虎老师要穆想办法将天平座圣衣送往海底，而此刻除

了战斗着的青铜和留守在圣域的黄金，再也找不到可以去海底神殿的人了。任何黄金不得擅离圣域，这是老师的命令。那么，只有让贵鬼去了。贵鬼，看来作为白羊座的附加，你也注定是历经许多考验的，也罢，就让我看看你是不是有可能成为一个真正的圣斗士。

　　当贵鬼接到穆的任务时，激动的心情溢于言表，"先生放心，我一定会安全的把天平座黄金圣衣带到星矢哥哥他们的身边的。"贵鬼自信满满地说，"就像上次先生让我给星矢哥哥送天马圣衣一样！"

　　"贵鬼，你要明白，这次你是要到海皇的地盘上去，甚至可以说，除了在那里战斗的圣斗士，任何人都是你的敌人。"穆的口气异常严肃，"你要知道，天平座黄金圣衣是非常重要的，可以说没有它星矢他们就不可能救出女神，所以你一定要即时的把它送到。"穆顿了顿，

"万一遇到敌人，千万要保护好黄金圣衣，决不能让它落入敌人手里。"

"嗯！"贵鬼用力地点点头。

在海底神殿，贵鬼时刻牢记穆的嘱托。"先生第一次交给我这么重要的任务，我一定不能让先生失望！"贵鬼一直这样对自己说。在北太平洋支柱前，贵鬼亲眼看见束手无策的星矢竟然试图以自己的身体粉碎支柱，贵鬼吓坏了，"如果我再晚一点的话，星矢哥哥就……"贵鬼不敢再往下想，只觉得自己肩上圣衣更加沉重。

有了天平座黄金圣衣的帮助，摧毁北太平洋支柱易如反掌。星矢虽然受了重伤，仍然毫不耽搁地向另一个支柱出发。贵鬼收好圣衣，也向南太平洋方向跑去。

南太平洋支柱倒塌了。

印度洋支柱倒塌了。

南冰洋支柱也倒塌了。

听着一个个支柱倒塌的声音，贵鬼感到从未有过的骄傲，我也可以为大家做点事呢！先生一定会很高兴的！一边想着，一边发现北冰洋的支柱就在眼前了。

"哈……"贵鬼又兴奋起来，算起来，冰河也到达这里很久了，应该已经打倒敌人了吧！当贵鬼赶到战场时，果然地上躺着一个人，但却不是北冰洋的海将军。

"冰河！"贵鬼大声叫道，他实在不明白能够闯过十二宫的冰河为什么会败在区区一个海将军手下。

"你就是那个到处送天平座圣衣的小鬼？"海将军艾尔扎可朝着他走来，仅有的一只眼睛闪烁着比冰更寒冷的光。"把那个箱子给我，你可以不要到处乱跑了。"

"不行！黄金圣衣是多么重要的东西，怎么可以交给你呢！"贵鬼护紧身后的圣衣箱子。

"小鬼，不要敬酒不吃吃罚酒。"艾尔扎可继续向前走，眼睛里闪烁这危险的信号。

"不要过来！"贵鬼用念力浮起石块，准备向艾尔扎可攻击。

"这种承度的超能力能干什么？"石块瞬间被冻结，纷纷落下砸到贵鬼身上。贵鬼只觉得浑身被砸得生疼，摸摸肩膀，还好，圣衣还在。

艾尔扎可见贵鬼到现在还不放手圣衣，也失去了耐心，重重地踩

向贵鬼，一下、又一下……

贵鬼紧紧地抱住箱子,黄金的冰凉让贵鬼想起星矢在十二宫作战的那夜，先生身上的圣衣，也是这个温度。先生……先生说无论如何也要保护好黄金圣衣，大家都在战斗，如果我贪生怕死，一定会让先生失望的，一定会被先生骂的。想到这里，贵鬼将圣衣箱子抱得更紧了。先生，我是你的弟子，是白羊座圣斗士的附加，我不能让你失望。

当贵鬼恢复知觉的时候，北冰洋的支柱已经倒塌了，眼前是冰河愧疚的脸。

"贵鬼，你还好吗？"冰河的眼里满是关切。

"冰河……"贵鬼艰难地张口，为什么休息了一阵子后，身上的伤反而更痛了呢。"我……"贵鬼眼前似乎又浮现出穆的面容，"我没

有放手啊……"这句话其实是对穆说的，但冰河听了以后却更加愧疚，"是的，贵鬼。北冰洋支柱已经被摧毁了，谢谢你，你一定会成为一个优秀的圣斗士！"

优秀的圣斗士？就好像……先生？贵鬼笑了。

虽然浑身疼痛难当，贵鬼还是负责地将黄金圣衣送往还没有破损的柱子旁。当亲眼看着一辉将北大西洋支柱摧毁时，贵鬼终于忍不住昏了过去。后面的事情他都不知道了，不知道星矢他们是怎样打败海皇的；不知道生命支柱是怎样被破坏的；更不知道自己是怎样被带回圣域的。总之，他醒来的时候，第一眼看见的是梦萦已久的紫色双眸。

"贵鬼……"虽然一直都知道贵鬼的伤其实并无大碍，但直到此时，穆才觉得自己是真正放心了。

"先生……"贵鬼忽然觉得非常的安心，是的，在先生身边没有

什么害怕的。但是为什么眼泪却忍不住会掉下来呢，明明是很幸福的啊。伸手想擦擦眼泪，却不小心牵动了背后的伤，"啊"贵鬼不由叫出声来。

"很痛吗？"穆又紧张起来。

"嗯！"贵鬼嘴巴又瘪了瘪，眼泪又滚落下来，他拉住穆的手，声音哑哑的，"先生，我听你的话，没有放手，一直都没有……"

穆的心里涌上一阵酸楚，他轻轻安抚贵鬼："先生知道，贵鬼很勇敢，贵鬼一直是先生的骄傲……"

贵鬼笑了，很满足地笑了。

"好了贵鬼，好好睡吧，先生会一直在你身边的。"穆轻轻说道。

"先生"贵鬼眨眨眼，"我想听先生讲故事，想听有关圣战的故事，

还有白羊座附加的故事。"

"圣战？"穆怔了怔，想起当年师傅对自己讲他参加圣战的故事，那时怎样惨烈的战斗啊，整个圣域只有他和童虎老师幸存。当时师傅曾经讲到他的附加，为了救他，那个年仅14岁的孩子替他挡住了哈迪斯的冥剑，结束了他作为白羊座附加的使命，最终在他的臂弯里含笑而终。穆的心中忽然被一种恐惧占领，这种感觉就像他捡到贵鬼的那天。

"先生，是不是我又不乖了？"看着穆的脸色越来越暗，贵鬼不禁有点紧张，"先生，那我睡觉了，我不听故事了。"说完，乖乖地闭上眼睛。

穆静静地看着眼前小小的人儿，他身上的伤一定很痛，就连睡觉的时候也是咬着牙强忍着。也难怪，自从自己遇到他以来，这个孩子

就不曾受过一点点伤害。或许真的是自己太过于溺爱他了，从来不曾逼迫他去做什么学什么，当初自己这个年纪的时候，已经是白羊座的黄金圣斗士了呢！

想到圣战，穆的心里好像被什么东西堵住一样，贵鬼在海底神殿面对一个海将军都束手无策，更何况是要去冥界呢！虽然圣战是任何一代圣斗士都必须面对的事情，自己早就可以坦然地面对生死，但这并不代表自己可以坦然地让贵鬼去送死。穆想起老师在对他讲自己的附加为自己赴死时的表情，即使相隔二百多年，那时深深的心痛与自责仍然是那么的真切。穆又想起自己捡到贵鬼的那天，当时自己并不知道那个孩子就是自己的附加，只是单纯地宠爱他，现在，他也依然可以只做穆最宠爱的孩子而不是白羊座的附加。穆轻轻地走到白羊宫

外，看着天上的白羊座，"老师，我不带贵鬼上战场，可以吧？"

在穆的精心照料下，贵鬼的伤好得很快，没几天又恢复了往日的顽皮。这段日子，在不忙的时候，穆就尽量陪着他。有时候贵鬼会央求穆教他白羊座的绝招，穆就教他一点基本的技巧，然后告诉他在哪本书里有关于这种招式的详细的解说。这时候贵鬼总是会说："我才不要看书，我要先生教我。"穆就会告诉他武功也是要靠悟出的，不看书永远也学不精，然后告诉他当时自己也是大部分靠看书自学的，师傅只是指点一二。这时候贵鬼就撅着嘴说："师公是教皇没有时间才让先生自己学的，而先生又不是教皇。"穆只能无奈地笑笑。

圣战一天比一天接近了，穆终于决定要将贵鬼送回帕米尔去。

"不，我不要回去！"贵鬼大声抗议道，然后换成乞求的语气，"先

生，你不要赶我走，我一定乖乖的。"

"不行，你必须回去，你不能再待在圣域了。"穆丝毫不心软，"现在就走。"

"先生……"贵鬼带着哭腔。

"快回去，贵鬼，你不听我的话了吗？"穆真的有些着急了，口气也加重许多。

"不要！"贵鬼回答得坚定。

"撒尔娜！"穆叫住正在巡逻的撒尔娜等人，"把贵鬼带走，记住，现在除了黄金圣斗士任何人都不准擅闯十二宫。"

所有的人都愣在那里，两秒钟后，撒尔娜恭敬地向穆行了个礼，"是！穆大人！"说着带着贵鬼离开。

"先生……"远处传来贵鬼撕心裂肺的喊声。

穆攥紧了拳头,想要说些什么却什么也没说出来。忽然,穆感到,几个强大的小宇宙临近了……

贵鬼一路走,一路哭,一路挣扎着。白羊座天生有着超强的直觉,贵鬼觉得这次和先生分开好像永远不能相见了似的。越是这样想,越是哭闹得厉害,连撒尔娜都拉不住。但是大家毕竟都明白穆的意思,特别是这个时候,绝对不能让贵鬼回去扰乱十二宫内的战斗。所以不管贵鬼哭得多么凄惨,大家都不遗余力地带着他远离十二宫。

先生果然一去就再也没有回来,虽然心里早就有预感,当雅典娜告诉他所有的黄金圣斗士都在叹息之墙前牺牲了的时候,贵鬼还是不能相信。

"先生走了,走了……"贵鬼不相信的朝后退,"以后我再也见不到先生了,是吗?"

看见纱织小姐含泪点点头,贵鬼忽然大声叫道,"不……不要……先生……"然后泣不成声。

紫龙在流泪,冰河在流泪,所有的人都在流泪,然而,泪水只能纪念,却不能挽回了。

一个月,贵鬼把自己关在白羊宫里,一句话也不说,任何人也不见。晚上,他会到穆战斗过的地方,看着黯淡下来的白羊座,大声地朝它喊:"还说生日对着自己的星座许愿会实现,才没有呢!先生,你骗人!你骗人!你骗人……"然后大哭。

都说时间是最好的创伤药,贵鬼也渐渐平静下来。谢绝了大家的挽留，贵鬼独自回到帕米尔。穆以前的手记上已经落满了灰尘，贵鬼小心地把它们弄干净，然后小心地整理好。贵鬼一改往日的性格，独自一人在塔里，看着穆的笔记，修炼白羊座的秘技星光灭绝和星屑旋转。十年后，贵鬼得到了白羊座的黄金圣衣，成为了真正的白羊座黄金圣斗士。

身穿着白羊座的黄金圣衣，那种冰凉的感觉一如当时在先生怀里的感觉。贵鬼来到白羊宫，当初被损坏的宫殿早就修好了，不知出于什么原因，竟然和未破损前一模一样。走进宫殿，正如贵鬼所想象的，是厚厚的一层土。

贵鬼站在宫殿中央，眼睛湿润了。这些年在帕米尔，贵鬼渐渐明白其实穆一开始就不希望自己成为圣斗士，其实穆一直希望贵鬼过一种平静而快乐的日子，没有战争，没有杀戮，就好像十年前纱织小姐

能够带给自己的那种日子。

"先生，你不明白，没有你，即使是平静的日子我又怎么会快乐呢！"贵鬼的眼睛在不知不觉中湿润了。"先生，你一直是我的榜样，这条路是我自己选择的，我绝对不后悔。虽然现在没有了女神，没有了圣战，但是还有脆弱的人类。我会用自己的力量保护我所爱的人类和这个世界的。"贵鬼顿了顿，"这几年我一直在帕米尔修炼，已经练成了白羊座绝技星光灭绝，你想看看我的成绩吗？"

说完，贵鬼慢慢地抬起右手，释放出一片灿烂的星光。

# 新生的圣斗士

- **出处**:《圣斗士星矢》
- **原著**: 车田正美

- **文**: David Lee

## Chapter 1

### 重生

无月之夜，古堡，冷冽的风穿过洞开的门窗在古老的大厅里盘旋，紫色甲胄包裹的娇小女孩孤独地站在窗前，黑色的秀发飞扬起来，如同夜晚的精灵般。远处隐约传来打斗的声音。黑色的眼睛里，流露出一丝无法掩饰的紧张。毕竟，女孩只有十四岁。

最后一丝电光消失在森林里，三个熟悉但鄙夷的小宇宙已经消失了。而敌人……还有一个。女孩戴上了面具，头盔，把自己微微颤抖的嘴唇和苍白的脸掩盖了起来。这无名的圣衣，拥有着传说中吸血鬼的力量，而面具也是狰狞地露出獠牙，因此，女孩也被人叫做幽灵战士。

　　感到充满杀气和敌意的气息，女孩转过身，下一瞬间，岩石堆砌的墙上赫然出现了一个巨大的缺口，那个年轻的战士，正对着这边怒目而视着。女孩轻轻调整了呼吸，纤细的身影如雾般飘散。

　　战斗并非一帆风顺。幻术的迷阵被最原始的蛮干打得粉碎，面对面的战斗上，力量的差距并不能被速度完全弥补。而竭尽全力的幻术也被识破，女孩面具下的眼眸流露出一丝恐惧："为什么！为什么你能识破我的幻术！"再怎么强自镇定，都压抑不住声音的颤抖。

　　"因为你身上有香水的气味啊！"那个年轻的敌人的眼睛很清澈，里面没有恶意，也没有鄙视，只有一种就事论事的斗志和责任心。女孩明白，如果现在就交出黄金面具，少年绝对不会为难她，但是那封措辞严厉的谕旨并没有给她这样的道路。她的路，只有两条：胜利，或者……死亡。女孩在面具下给了自己一个凄楚的微笑："你就是星

矢吧，我叫姬丝坦，好好记住！"并非是夸耀胜利或虚张声势。毕竟现在她根本都无法确定自己有多少胜算。女孩只是不想在对方连自己是谁都不知道的情况下就拼得你死我活而已。

　　谁都无法看清的战斗又开始了。那个年轻人似乎从女孩的招式中发现了什么，一时的迟疑，决定了胜负。

　　"赢了！"女孩的心里却没有喜悦。但是雷电的毒蛇已经张开了毒牙。似乎一切都已决定的时候，那金色的头盔如同有生命的东西一样，永远地截断了这一击。紫色的头盔和狰狞的面具粉碎，清秀俊美的脸上凝固着惊讶的表情，黑色绢丝般的秀发抚过少年的脸颊，也把一丝柠檬般的清香送进了少年的鼻腔。然后，随着主人失去平衡的娇小身躯伏于冰冷的地面。

因为冲击而意识不清的女孩似乎感觉到身后不断膨胀的小宇宙，但是无论是逃跑或是抵挡，都不是现在这个姿势所办得到的。然后，膝盖，大腿，臀部，腰背，巨大而连续的剧痛袭来。女孩的心里明白，对方没有杀死自己的意思，因为那些铁拳都避开了致命的位置。可是痛苦，挫折，委屈，失落，恐惧一切的情感，从柔软的双唇中泻出时，都只化成一声痛苦的呻吟。不知是不是少女凄惨的呻吟引起少年的同情，拳击在一瞬间停止了。少年用一种做了错事的眼神盯着伏在地上颤抖的女孩，慌张地把那温暖柔软的小巧身躯抱在怀里，呼唤着那仍然陌生的名字。

　　女孩微微张开了眼睛，委屈和痛苦带来的泪水夺眶而出化作两条热流淌过那稚气未脱的脸庞。

　　"告诉我！谁指使你们的！"那黑色的大眼里有着年轻的愤怒。

　　女孩知道，那不是冲自己来的，但是，她只是凄绝地摇头："别逼我……我什么也不会说的。"绝对不能让人知道姐姐有我这样的不名誉的妹妹。抱着这样的想法，女孩下定了决心。

　　"星矢，黄金圣衣的头盔，似乎真的很喜欢你呢。"精致的五官组成了名为"哀伤"的画像，柔软的舌头也已经悄悄伸进洁白的牙齿之间。不知是不是嘴唇的动作引起少年的警觉，一只拳头轻轻地打进女孩的肚子，洁白的牙齿不由自主地张开，肺里的空气和意识一起化做呻吟吐向空中。逐渐模糊的意识里，似乎那金色的头盔也露出了悲伤的表情："姐姐……"没有人听见这小声的哭泣。

　　多少年没有这样让自己的脸被温暖的阳光亲吻，女孩的意识缓缓回到自己的控制下。惊讶地一跃而起，却没有可以着力的地方，而重新跌回那柔软而充满阳光清香的床垫上。

　　女孩惊讶地看着自己身上似乎颇为高级的洁白丝绸睡裙和阳光明媚的高雅房间。目光停留在床头。紫色的圣衣并不在身边，一个沉重的行李箱、满美金的公文箱以及一张洁白的信纸。

　　这时，那张信纸上一个英文单词"Rebirth"映入了女孩的眼睛里。随即，女孩紧紧地把信纸抱在怀里，又一次流下了眼泪。

　　1987 年的初秋，一个幽灵在意大利的罗马，得到了重生。

# Chapter 2

**阳光下**

**1992 年 1 月 13 日**
**伦敦，西敏寺公墓**

　　四个穿着黑色西装的男子一脸惊恐地背靠背围着一个箱子，这个场面任何一个人看了都会发笑。只见他们不时向周围的虚空挥出手里早已打空的枪支，或者发出无意义的惨叫声做出防御的动作，或者捂着完好无损的肢体做出痛苦的表情，就像是拙劣的表演一般。

　　"你到底是什么东西！"四人中似乎是首领的男子怒吼着。

　　"如你所见，一个普通的警察。"承接这怒吼的对象发出一阵清亮的笑声。

　　"这些到底是什么啊！"男子似乎忍不住发出悲鸣。

　　"看了不就知道了？"还是那清脆的声音回答着。

　　从男子的眼睛里看出去，公墓的泥土正不断地翻起，无数半腐烂的尸骸和骷髅挣扎着站起来，向他们这里逼近。而原本已经打倒的残骸，正如同没入水中般逐渐沉入土中，然后从后面又冒出来。

"怎么样？决定了吗？"

"可恶……"男子身边的手下已经全都倒下了。虽然从旁人的眼中看来，他们只是失神昏厥，甚或很没样子地小便失禁，但是在仍然顽抗着的男子看来，他们都成为了肠穿肚烂支离破碎的尸体。

"啊！你后面有你的熟人哦。"还是那个清亮的声音。

男子忍不住回头！那张脸他确实太熟悉也不过了。身为毒品组织和黑手党的接头人，这张脸的主人不知提供给他们多少毒品，但是当黑手党的主谋有暴露的风险时，他们把这个倒霉的家伙出卖给了警察。当那张带着枪决留下的弹孔的浮肿脸庞向男子扑来时，他终于也崩溃了。

无以名状的凄厉惨叫回荡在夜空中。

"现在的黑手党真没什么用，才一个幻术就解决了。"那个清亮声音的主人这才轻巧地从藏身的墓碑后闪出，径直跨过口吐白沫的男子，捡起箱子，转身想离开时，背后被一支冰凉的金属物体顶住。

"原来是幻术……你可真害得我惨啊！"刚才最先昏倒的男子原来已经苏醒了，"来！慢慢转过来！"

黑衣男子眼前的人个子矮小纤瘦，整张脸藏在滑雪衫的帽子下。

愤怒的男人顺手去摘对方的帽子，但是突然，他的手被紧紧地钳住。对方的力气大得不可思议。帽子随着主人的动作自然地滑落，露出一头柔顺的黑色长发，和一张略带稚气的俊美脸庞。而紫丁香香水的气味正确地显示了"他"真正的性别。

黑发的少女嫣然一笑，男子一愣间，突然发现自己手腕被扭住的地方闪着紫色的电火花……

"Thunder Cobra！"

后来，有不少人发誓说他们在那一天看见了西敏寺墓地里从地面向天空延伸的闪电……

### ICPO 伦敦本部，刑事第 13 特别科

下午的阳光温柔地洒进明亮的窗子，正是下午的 Tea Break 时间。当警员修·格兰特推开办公室厚重的橡木门扉时，第一个抓住他眼球的就是自己最年少的同事正一脸幸福地蜷缩在布面沙发里，盖着大衣睡着了。金色的阳光在她黑色的长发上自然地舞蹈着，略微带着孩子气的秀气脸蛋红润光洁，就像是在享受日光浴的猫咪一样。正当

修想推醒这个上班睡觉的半大女孩时，那被长长睫毛盖着的黑色眼眸突然张开，睡眼惺忪地盯着他看了一会儿，倒头，继续睡。

"你说姬丝坦啊。"头发已经斑白的科长漫不经心地浏览着修带来的报告，顺口就回答了他的疑问："这孩子可辛苦了，昨天晚上才独自抓了意大利黑手党在伦敦的二把手，审讯取证到早上十点才合眼，你让她睡会儿吧。"

"啊……好……"

"哼哼……"虽然不像13科的科员们那样都有着特殊的力量和经历，但是老科长的看人眼力可不是吹的。他早就看出修对组里最年少的成员有着友情以上的关心，但是姬丝坦·范·皮埃尔似乎并没有什么反应，老科长不由得有了个坏念头。

"修，明天你和姬丝坦一起到罗马去，把'玫瑰家族'黑手党向伦敦的武器走私案帮意大利警方解决掉，然后你们在那里度个假，我给你们两个月，去吧。"

　　"啊？"惊讶不已的修终于把姬丝坦给彻底吵醒了。

　　两天后，两个背着装饰华丽的金属箱子的年轻人在罗马广场受到人们的注目礼。

# Chapter 3

### 执子之手

### 1992年2月2日

### 意大利罗马市警察局的停尸房

　　"最近罗马的黑手党似乎正在做新的势力划分。本土派的势力有

● ● ●

削弱的势头，西西里的势力正好在寻求发展，所以最近发生了三起枪战和不少针对各组织头目的暗杀。"已经发福的中年法医一面把两个ICPO派来的"大人物"让进门，一面用冰冷的意大利语介绍着情况。因为最近突然开始繁忙的工作，他的心情并不好，而当那个黑发的年轻女孩似乎对他蹩脚的英语大感不满而开始用优美流畅的意大利语和英语开始为那个金发的英国人作翻译时他几乎发作。但是总算是官僚社会的习惯把他的怒气压抑了下来。

　　"枪战和暗杀现场我们发现了一些奇怪的尸体，而其中有人和你们ICPO要求的毒品案有关，所以请你们来看一下。"虽然不能有什么怨言，但是法医先生已经打定主意要让这两只菜鸟吸取一点教训。他用戏剧演员般的手法揭开了盖在排列解剖台上的三具尸体上的白布。

"这是？"虽然语气颇为惊讶，但是女孩并没有如同法医想象中那样昏厥或脸色惨白。而以一种冷静的手法确认着尸体上不同的痕迹。

三具尸体的死状都不相同。左边一具的前胸被平行地刻上了五条从左肩到右腰的光洁切口，他的旁边还有一件刻着同样伤口，染满血迹的凯夫拉防弹背心，中央的一具心脏已经不翼而飞，一个贯穿的拳头大小的透明窟窿赫然出现在他的左胸，同样，一件贯穿左胸的防弹背心也放在他旁边。而右边的那个前黑手党首领的尸体更是凄惨。他的身体几乎被打得变了形。

"从伤痕上看，这应该是人类拳击的痕迹，但是从力度和速度上看实在是不可思议。"法医拿起验尸的登记单开始说明："从骨折的程度看，应该拳击力量在五十公斤左右，但是前提是凶手的拳击彻底打

碎了死者防弹背心上的特种陶瓷插板。而从淤血、伤口和骨折角度看，这些拳应该是在一秒钟内打击在死者身体上，而现在我们可以判断的伤口有 46 658 处。这实在是无法理解！"

"Gold Saint!"女孩轻轻地吐出一声呻吟，然后，法医发现，这两个年轻的访客身上腾起一种奇特的力量。那个漂亮的女孩身上是清冷的紫色光晕，而那个文质彬彬戴眼镜的年轻英国警察身上则是如同教堂中的圣像般庄严沉稳的白色光晕。而死者的遗体上，也腾起了充满让人窒息的压迫感的红色气焰。于是，他做出了明智的决定——溜之大吉。

"怎么样？姬丝坦？"年轻的英国人终于开口了。

"不行，光是残留在尸体上的小宇宙就和我们的差不多强了。"黑

发的女孩轻轻地摇了摇头，"我算是白银圣斗士中一般的强者了，而修你也算是中等的圣堂骑士，但是这个小宇宙既然能有这么强的残余，至少是黄金圣斗士级别的。"

"没错，对我们圣堂骑士来说，这也只有十二个圆桌骑士才有这么大的力量。"

"修，我要去一次日本。也许这是我们惟一的胜算，你联系一下科长吧。"

姬丝坦平时开朗的神情已经换成了少见的凝重。

"好……但是，我一定要和你一起去。"

**1992 年 2 月 4 日**
**东京成田国际机场**

"就这么跑来，连宾馆都没有订，不是我说什么，你也太欠考虑了吧？"金发的年轻人对着身边的同伴不由得有了一丝抱怨。虽说不是语言不通，但是还是对什么都没准备就来到东洋国家感到一丝不安。

没有回答，黑发的女孩的眼睛已经紧紧盯住了机场的门口。"姐姐……"随着一声嗫嚅，小巧的身躯如同风中的落叶般自然轻巧地扑入有着墨绿短发的女子怀中。"姐姐，姐姐。"绿发的女子温柔地抚摩怀中女孩柔顺的黑发，然后望向呆立在那里的修。她的声音略显沙哑，但是仍然非常悦耳

"您就是格兰特先生吧？我是古拉度财团的秘书主任莎尔娜，姬丝坦的姐姐。舍妹受您照顾，十分感谢。"

"啊……啊……这个应该说受照顾的是我才对，皮埃尔小姐。"

"皮埃尔？呵，对不起，先跟我来吧，到车上再谈。"莎尔娜的脸上浮现出一丝莫名所以的微笑。

"原来您也是圣斗士啊！"坐在古拉度财团派出的轿车上，修丝毫都没有压抑自己的好奇，开始几乎是户口调查式的询问。

"是啊，不过最后的战斗已经是四年前的事情了。我们姐妹很早就分开了，我想姬丝坦应该已经和你说过了吧，所以我们其实根本不知道自己的姓氏，大部分的圣斗士也都是这样的。所以我们的姓氏大多是根据自己的星座来的。像我，就姓俄非克丝。"莎尔娜若无其事地详细回答了所有的问题，一面饶有兴趣地注意着妹妹紧贴着修坐着时的表情。

**一小时后，城户府邸**

一个黑色短发的年轻人坐在一把轮椅上，他深刻的眼睛温和地注视着花园里的早樱，已经穿上全套圣衣的姬丝坦轻轻地走上前，单膝跪下，温柔地抚摸青年的脸，强大而温柔的银色小宇宙从青年的身上涌起，和着姬丝坦明亮跃动的紫色小宇宙跳动着，好一会儿才平静下来。

"他还没有记起来吗？"站起身的姬丝坦恭谨地询问的对象轻轻地摇了摇头，紫色的长发晃动着，灰色的眼眸透出一丝悲哀。

"也许，这对他来说比较幸福吧。"

"是啊……他真的辛苦了，那段回忆太痛苦了。"

"姬丝坦小姐，我实在不能帮你什么，但是，请你一定要接受这个。"紫发的女子把一只手按在姬丝坦的肩胛上，突然，一丝鲜血从女子的手心中缓缓流出，如同被紫色的金属吸收一般，融入了圣衣中。

"小……小姐！"姬丝坦突然感到一股巨大的力量从自己的圣衣中喷涌而出，无数华丽的花纹浮现出来。

"这……这实在是太珍贵了。我……"

"这是我惟一能做的了，姬丝坦小姐，今后，你要面对的是你自己的战斗，我祝福你。"

"纱织小姐……"姬丝坦的声音终于哽咽了，"我永远会是您的朋友，永远，我发誓！"

"格兰特先生！我也有一样东西给你。"纱织转身对修捧出一瓶红色的液体："这是基督的圣血，洒在您的圣甲上可以增加您的力量。"

"无上感激啊，智慧的女神。"修单膝跪下，深深低下了头。

"调查结果出来了！"另外一个穿着由龙为基调的圣衣的长发青年缓步入内。

"都是罗马战神玛尔斯的狼战士干的。来吧，两位。我曾经和使用狼的力量的战士战斗过，接下来的模拟战就交给我吧。"

**1992 年 2 月 13 日**
**罗马竞技场**

黑手党的打手荷枪实弹地站在斗技场的半边观众席，另一边则是蓝色小组的特警对峙着。而场地的中央，两个年轻人正面对着十个对手。

"如同事先的约定！如果我的人胜了，你们从今年开始，到2092

年不得干涉我们的行为！但是如果你们的人胜了，我们就放弃对伦敦的毒品生意！"一个痴肥的男子发出低级的大笑声宣布着。

"虽然让人不舒服，但是就这样吧。"发话的是特意飞来的老科长。

战斗开始了。没有人能看清。但是偶尔会有一个人影飞出战团，发出一声闷哼后一动不动地倒下。

这是音速以上的搏杀。锐利的钢爪划破空气，被银色的盾牌挡下，然后一只紫色的光刃切断了敌人的喉管。

"哼，看来一般的战士是没办法对付你们的，还是我出手吧。"最后的战士站起身来。他的罗马铠甲闪烁着不同寻常的光辉，那红色的杀气不断地勃发着，让人喘不过气来。

所有人都知道，胜负在一瞬间就将决定……

风发出不祥的声音卷过，三个斗士如同雕像般静默。终于，当一

个旁观者忍不住发出一声咳嗽时，空气化为碎片炸开！

"Mar's Glory Slash！"首先发难的是狼的咆哮。但是红色的光芒如同撞上一堵银色的铁壁般飞散，而接下来的，则是紫色的雷电——Thunder Hydra Crash！

一瞬间，红色的小宇宙突然消失，失去生命的肉块沉重地倒下。

**1992 年 2 月 14 日凌晨 4 时**
**罗马万神殿广场**

"你真是的，竟然硬挡那一下，万一没挡住怎么办？"一个明亮的女声响起。

"也只有这个胜算不是吗？我们和紫龙先生做模拟战的时候，也

只有靠这招才胜过一次啊！"接话的是一个沉稳的男声。

"可是实在太危险了啊！万一……"

"你是在为我担心吗？姬丝坦小姐啊。"男子的声音多了一丝调侃的气味。

"修，你这个大笨蛋！"

"啊？"

"你死了可不行！"

"你到底想说什么？"

"那样我的人生计划就全都会完蛋了啦！"

"什……什么？"

太阳从建筑物的间隙中射出第一丝光芒，借着它，男孩终于发现女孩的脸上浮现的红晕。

"Happy Valentine's Day, Hugh."女孩轻轻地走到男孩旁边，和他并肩面向东方，太阳从千年古都跃起，朝阳下，男孩温柔地握住了女孩的手。

"I love you, my lovely Geist ……"

# 西伯利亚那第一场雪

■ 出处:《圣斗士星矢》
■ 原著: 车田正美

■ 文: 绿野悠游

现在是九月。

现在是这世界都还温暖明亮得不可思议的时候。但西伯利亚不是。你看,现在是,西伯利亚那第一场降雪的过程。

那些云朵都变得墨色,风声变得亢奋。你知道,这只不过是习惯性的轮回——西伯利亚的冬季归来了。

孩子你明白吗? 你被选中的这个地方,是具有反叛命运之地。

我无法对你解释那些关于使命的事情。我也无法告诉你我为何在此,你为何在此。如同为何我叫卡妙,你叫冰河。

这些事情,是被设定的。被某些存在与否都无所谓的手。

我一点也不关心世界是怎样的,因为我所栖身之所,是世界的背面。当世界还满脸阳光时,我已经开始面对冷漠寒冬。

所以，我并不是慈爱温和的人。

你几时来到这茫茫冰原，我甚至都不太记得。只是那一天雪花漫卷，风声出奇响亮，小小的屋子中你面色苍白，金发映着火光，蓝色的眼珠闪烁不定。阿尔扎克好奇地看着你。

说你的名字。我加着炉中薪炭，面无表情。

冰河。你有些害怕，但声音清脆，并不像在这冰原中长大的沉默忧伤的本地儿童。

这名字倒与这冰原有冥冥相连的牵绊。

我抬起头来静静看你。面上毫无表情，我猜你心里肯定充满疑惑与不安，或者，恐惧。

因为你这样的命运也许是注定的悲剧。

那些别人说的堂皇理由，我都记得，且能一字不漏地清楚叙述。

但那有什么意义？

当你留下来与这块永远冰凉的大陆成为一体时，你便明白，在自然的非凡力量面前，人不算什么；而在人的苦难面前，神不值一提。

我收留了你。并按照要求传授你成为圣斗士的必要技术。

同时传授你成为这酷冷西伯利亚一部分的生存智慧。

雪，这样一年年下着。

而你则一年年成长为坚强少年。

但还是一年年到冰冷湖底去见你因沉船罹难的母亲。

对这样的事情阿尔扎克不能理解。遥远得陌生的圣域也在说：卡妙你怎么了？怎么会容忍你的弟子像个懦弱的女孩一样沉浸在母亲的记忆里。

我却一直也没有说什么。

小村子里，你是不太热情却人缘不错的孩子，也许因为是卡妙弟子的缘故，也许只是因为大家喜欢你。

　　与那些普通的生老病死相伴，你会明白平凡的人生是更值得敬重的事情。

　　那天第一次见你哭着回来，抽抽噎噎地说：伊琳娜和父亲老伊凡去森林里打猎遇上了狼群，伊琳娜的脚被狼咬住，老伊凡竟然拔刀砍掉了伊琳娜的腿，拖着她逃回来。

　　我沉默地看着你哭泣。那些晶莹的泪水让我有些欣慰——即使在这呵气成冰的冷酷岁月里，你仍然像个无辜的孩子一样容易忧伤。

　　然后我带着你去看伊琳娜。

　　小女孩苍白的脸在火光映照之下显得憔悴无比。但更憔悴的是沉默的老伊凡。伏特加的烈味飘扬在小屋里，酿得微苦。

　　我把一块腊野猪腿递给老伊凡，拿出些外伤药物给他，拍拍他的肩。他抬起头来看着我，眼睛里微微有光芒。

　　伊琳娜醒过来，看见眼睛哭红的你，小脸上露出浅浅的欢喜，你这小子，很受女孩欢迎嘛。

　　你陪伊琳娜说说话，但你肯定已经发现伊琳娜并没有哭泣。

　　为什么那个女孩没有哭泣？你肯定疑惑。

　　送我们出来时，老伊凡笑笑，有力地挥挥手。像一切问题都能够扛在他宽宽肩膀上。

　　冰河，你知道吗？那就是这茫茫冻土上的人们生存至今的方式。坚韧的俄罗斯人不需要任何人的眼泪与悲悯。如果被狼咬到了手就砍去手，咬到了脚就砍掉脚，咬住了头就坚强地赴死——但只要活着就比任何不切实际的言辞来得坚强。

别让那些无聊的口号与名目左右自己的生存。

活下去,比任何人都要决绝地活下去——这是我在这块土地上学到的全部,也是我所能教给你的全部。

我很高兴你学会了。

十二宫之战,我高高举起双臂,面对着你使出曙光女神之宽恕——正正的面前,你也同样高高举起手臂,同样的曙光女神之宽恕。

孩子,你比我坚强。

那瞬间我才发现自己的冰原生活终于要告终了。

我带着你走遍西伯利亚大地,告诉你这黑色的冻土下有全世界最丰富的矿藏,南面的贝加尔湖是世界最深湖泊最深蓝色的水面,这片沉默着让万千人栖身的苦难之地才是世界上最伟大的母亲。

冰河,亲爱的孩子,此后便是你身为战士的生涯。

我不能理解的奇怪战斗。

我记得穆小时候说过的一句话:这世界谁来统治也是一样的,反正不过是利益需要罢了。那时候教皇静静看着他,眼神很复杂。

那时候年幼的十二黄金圣斗士都在。但我不知道谁还记得那句话。

我记得,虽然从来也没有说过。

我不是穆那么聪明的人。所以不能看透什么,只是记得他的话和他当时明亮微笑却深不可测的表情。

所以,我不能教给你关于生存的其他智慧。我只能教你,像一个真正的西伯利亚人一样生活。信仰所信仰,深爱所深爱。

你并没有像其他西伯利亚人一样受洗成为东正教徒,那是我的意思。你成为圣斗士已是命定，不需要更多的信仰——那只能使人迷惑。——信仰雅典娜是否就正确，我也不知道。你用未来去测试吧。

　　冰河，我忘了说，我为何一直都没有阻止你去见你的母亲——即使那是那样不合乎战士生存守则的多愁善感。

　　那只不过是因为，只有一颗火一样燃烧不尽的心，才能保护着你在冷漠天地间不被环境吞噬和同化。血还热着的时候，灵魂就还能够找到去处。

　　我希望，能够在雪白世界里一眼看见火红的你，如同你也一样能够在冰天雪地间看见一样的我。

　　我是讨厌多说话的人。

　　那些雪，又在纷纷洒下来，只需要一场降雪的过程，冬天便完整地打开了它的羽翼。

　　西伯利亚雪是世间最美丽而冰寒的雪。

　　那么，晚安了，我的孩子。

# 三章　千年棋魂

PART 3　QIAN NIAN QI HUN

# 仲 夏 引

■ 出处:《棋魂》
■ 原著: 小畑健

■ 文: Lin

　　我听到了拉门轻轻合拢的声音和侍女绕过回廊的细碎脚步声,烦躁的心情稍许平复了一些,换了一下姿势,在席子上躺好了。我不喜欢睡觉时房间中有人,除了值夜的近侍在门外无声地坐着,连打扇的侍女我也从来不用。朦胧中我突然感到有人正在注视着我,抬起头我不禁大吃一惊!仿佛又是年轻的时候,灵魂深处的记忆刹那间浮现出来,周围静极了,我甚至能听到血液的流动……是佐为。

　　尽管已经过去了几十年,他依然还是那一天的样子。又看到久违的好友温暖明丽的面容,我不禁惊喜地叫道:"佐为,你来啦?"佐为向我默默微笑着,看着他微笑的样子我的泪顿时夺眶而出,但还是勉强笑道:"没想到……我终于又看见你了。"佐为还是没有说什么,但是眼中闪过了一丝阴影,表情也慢慢悲哀起来。我终于忍不住大哭道："对不起，没能救得了你……"

"大人，大人……"蓦然听到身边的声音，我一惊，一把抓住了枕边的剑，迅速跳起身来。"大人，是卑职。"听到这熟悉的声音我稍稍松了一口气，但仍是向下瞪着跪在席子边、低着头一动不敢动的近侍——他已经跟了我许多年，应该知道我的习惯，怎么还敢在这时候闯进来。

我慢慢坐下，看着近侍惊慌的面孔，心里突然一抖，微微苦笑道："水户，你也怕我吗？"近侍迟疑着，也许不知道怎么回答。我默默看着他，小心擦掉脸上的泪；稍松开右手时我才发现手中的玉坠已经滚烫。这枚玉坠原已破碎，但经宫中最优秀的玉工巧妙的手艺，被黏合得毫无瑕疵。想起刚才的梦，我不由得更紧地握住了它。我的枕头

已被汗和泪浸透了，我也不想再睡。

我官拜太政大臣，权势倾天，可是我为了得到这些，几乎除掉了所有阻碍我的人，也正因此我总是异常警惕，休息的时候也不例外。然而我没有过一丝的得意，因为这些对我从来没有过实际的意义，而且我的官位越高，我就越被这样一个想法困扰：如果能够早些这样，我就不会失去他了，决不会了。

"源少将棋艺又长了呢。"一盘棋下完后，佐为微笑着道。我笑道："比前几天你来我家探病时那一盘下得好了吧？病了这么久，在家里又没事可做，当然只有研究棋谱了。不过佐为你还是这么厉害呀。"佐为笑了笑，道："源少将病刚好，不会太累了吧？"

我无奈道："我有这么娇贵吗……难得你有时间，当然要下盘棋。平常想找你下都不行呀。"

听到这句话，佐为的眼神稍稍黯了一下，有一会儿没有说话。

我没有多想，看时间有些晚了，便趁势起身告辞。佐为似乎有些不安，望着我道："源少将今天又没有什么事，就再多坐一会儿吧。"我一边吩咐近侍出去准备车，一边笑道："今天不行了。今上有口谕，要我明天上朝。我从病了以后就一直没进宫，得回去准备一下。"佐为答应了一声，我刚转过身，他又道："那源少将知道明天上朝有什么事吗？"我苦笑道："这我哪儿知道呀。朝廷里的事我差不多都是最后一个才能知道的。佐为你知道吗？"佐为笑着摇了摇头，陪着我走到院子里。

像往常一样，他送我到宅门外。车子走出很远了，我掀开帘帷看

时，佐为还站在那里，便轻轻向他挥挥手让他快点回去。我记得那一刻清碧的天色，空气中菊花的幽香，土径两边金铃子的低吟，还有秋日微凉的晚风。我本来以为我们可以一直在一起，就这样平淡而快乐地度过每一天。

到宫里时许多朝臣已经来了。我按照安排坐好，才稍稍喘了口气。从早晨开始我就很不舒服，也许我的身体还没有完全恢复吧。这时我突然想起了佐为的信。昨天晚上不知为什么佐为突然派人送了一封信来，当时因为头痛我已经睡下了，问过送信的人确定没有什么事，我就没有看。今早打开信，里面只有一句话："请源少将相信我吧。"我很奇怪，但也没有机会细想，只打算回来再找佐为问。

时间差不多了。我打起精神，向外面瞥了一眼，却突然看到了佐为和浦贺，以及他们两个之间的棋盘。这时一个刚来的朝臣一边在我旁边坐好，一边低声说："源少将还不知道呢吧，藤原先生和明石先生今天奉今上的命令赛棋，赢的人才能继续做今上的围棋指导。"听完他的话我脑袋一紧，才突然明白佐为那句话的意思。我忍不住又向佐为看了一眼，也许感觉到我的目光，他转过头来，向我轻轻笑了笑。然，我一下子接触到了浦贺若有所悟的恶毒笑意，我不由打了个冷战，心中笼了一团模糊的阴影。

不久今上驾到，我们行礼后比赛开始。周围安静极了，只能听到"叭"、"叭"的落子音。我看不清楚棋盘，但从佐为严肃的表情也知道这盘棋不是能轻易取胜的。

时间一分一秒过去，看起来棋局还完全不分上下，可是不知为什

么，我心中总觉得隐隐的不安。我常和佐为下棋，他的棋艺我应该是最清楚的，而且佐为自进宫以来和人下棋从没有输过，更何况他还特意写信来要我放心。然而，这一次我心头的不安却是挥之不去，并随着棋局的进展而愈加厉害。

突然……

"好啊！你竟把混在棋盒里的黑子放进自己的袖子里面！""胡说八道！这是你刚才做的……""别狡辩了！"朝臣们都一惊，随即便是一阵私语的嗡嗡声。这其间浦贺尖厉的声音一直压过佐为。我什么也没看见，但我清楚地知道佐为处了下风。疑惑间，便是今上震怒的声音："胡闹！竟敢在朕面前做出如此无耻之事！继续下棋！"朝臣们不敢再出声，都敛息正坐，空气一下子压抑起来。我看到佐为的脸

色白得像一张纸，握住扇子的手攥得紧紧的。这到底是怎么回事？究竟是谁作了弊？

其实胜负这个时候就已经定了。今上的怒斥，朝臣无声的威压，还有浦贺抓住机会的步步紧逼……佐为是个心思细致的人，一定控制不住自己。如果他能静下心来，也许还有赢的机会；可是事情演成了这样，就是赢了又能如何呢？

棋局很快结束，佐为果然输了。这时今上让人宣布了什么，我不敢听，可是，我却清楚地看到了浦贺得意的奸笑……散朝后，我不顾一切地跑去追赶佐为。我知道我只能到今上面前求情，但是在此之前，我必须要见佐为一面。这不仅因为我要搞清楚真相，而且因为，我总有一种隐隐的不祥感觉，似乎我如果这个时候不找到他，就很难再见到他了。

在将到宫门的地方，我终于追上了佐为。拉住他后，我顾不上细想，就匆忙道："佐为，你对我说实话，到底怎么回事？"

然而，我刚说完，佐为便一下子打开我的手，拼命叫道："难道连你都不相信我吗！"他惨白的脸上现出了暴怒的神色，直瞪着我的眼中满是屈辱的泪。我心中抖了一下，忙死死抓住他，很快地道："我当然相信你，我当然相信你。佐为！"佐为这才稍稍平静下来。我这时已大概明白了这件事，不敢再耽误时间，等他神色恢复，便尽量平静地道："佐为，你现在先回家，我马上去求今上……你进宫这么长时间了，今上一定会明白的。"可是，我刚放开他，佐为便一把抓住我的袍袖，急急地道："须和，别去。这件事已经这样了，我不想再牵连上你。"我不禁笑道："没关系。就是今上连我一起处罚我也不怕。

大不了这个少将我不作了，到偏远的地方当个侍卫家将也一样可以糊口的。"佐为的脸色微微变了一下，但没有再阻止我，我便轻轻推开他的手，跑去今上的寝宫。

也许早对我的来意一清二楚，今上根本不答应见我。可是这一次我下定决心，不到最后绝不放弃，就是触怒了今上被流放，我也要试一试。我的性格并不见容于宫中，佐为是我惟一的朋友，如果不是他，我早就辞官出家了，或者可以说，没有佐为的话，少将这个官职对我来说也就毫不可恋了。

我在今上寝宫的外面一直跪到下午，才得以奏明我的意思。我不能把我对这件事的推测说出来，虽然我心中清楚如水，但是现在我只能求今上原谅佐为这一次。

也许是考虑到佐为平日的指导，也许我的坚持让今上心生怜悯，

总之，今上终于答应暂时不计较这次的事。虽然我没能为佐为洗清罪名，但这样的结局已经是最好的了。

从今上的寝宫退出来，我才发现天色阴下来了，雨前骤然增强的风吹得满院枫叶如火，压低的枝条在我的头上乱舞，发出尖锐的刮擦声；想起早晨还是明丽无云的好天气，现在的样子似乎让人很不安。但我的心中已放松了许多。经过这件事，今上对我的厌恶大概更深了一层吧！不过现在还用不着担心这个，我只想赶快找到佐为，把消息告诉他。

然而，走进佐为的住处时，院子里却一反常态，显出一种惊慌的忙乱。几个侍女跑来跑去也不知在做什么，看见我，都拘束而畏缩地急忙施礼，却怎么也说不清到底发生了什么事。我正烦躁，刚好阿绮

从房间里出来，看见我，她眼睛一亮，像看到救星一样奔过来，一下子跪在我面前，哭哭啼啼地道："源少将，请您帮帮忙……藤原先生不见了！"我吓了一跳，马上把她扶起来，强压住心慌，问道："别急，你说清楚，究竟怎么了？"阿绮似乎完全失去了自制力，瘫软地倚在我的手臂中，一边哭一边断断续续地道："藤原先生……上午的时候回来过，可是也不理人，跟他说话都好像听不见，进屋以后就把拉门拉上了，也不让我们进去。我们以为他可能心情不好，可是后来去看，藤原先生就不见了，现在也找不到……我们又不能到处去找，请源少将帮忙到别处去找找吧！"

听到这样的话我心里不由一沉，再看阿绮的样子，似乎还根本不知道今天发生了什么事，便勉强笑道："别担心，说不定他又去棋院了，我这就去找他。你们就不要乱跑了，看看他有没有留下什么字

条……要是佐为回来的话让他在家里等我。"虽然这样说，但我其实很害怕。阿绮是个很冷静的女孩，会变成这个样子，一定是她看出了什么，或者是感觉到了什么。而且我知道佐为虽然脾气温和，但是性格太直，经历了这样的事，我怕他会……

告别阿绮我便开始毫无头绪地到处寻找。宫中的棋院，佐为有时会去的地方，还有与我关系较熟的朝臣家里……将到傍晚，我一无所获。这时雨也丝丝缕缕地下起来了，想到佐为也许已经回去，我便又赶到他的家中。

然而，佐为并没有回家。

心慌意乱之间，阿绮抖颤地道："这个好像是藤原先生留给源少将的……先生把它放在屋角的棋盘上了，源少将请快看一看呀！"我

接过来，却是一张纸包着的什么，上面写明是给我的。纸张已很旧，显得又干又脆，墨渍都渗了出来，笔迹潦草，完全不同于佐为平时秀丽的字体。我心里一凉，忙将纸打开，里面却是一张神社的签条。签条也已经很旧，写的似乎全是汉字，而且被反复刮过，只能辨认出后面的一点，看时，却是白乐天《长恨歌》的最后一句。

我眼前顿时一黑，急忙向阿绮问这个东西的来历，阿绮的声音都变了，含泪道："这是藤原先生很早以前去祭神的时候求的，我也不知道写的是什么……源少将，现在怎么样了呀？"

我一时间也说不出话，站起来，径直走到了院子里。我手里紧紧握着这张签条，落在头发上的水从衣领灌进来，有一种粘腻的潮意。四周静极了，只有轻微的簌簌声。这时我突然瞥见了院角的小池，水莲已不知何时悄然开放，在微雨中散发出浓郁的清馨香气。

这一晚我噩梦连连，始终没有睡踏实。第二天一早，我开始了完全没有把握的寻找。

这一天我依然没有找到他。晚上，我拖着沉重的步伐回到家，刚刚在小桌前坐好，却听一个家将道："少将大人，藤原先生今天中午来过了……"我愣了一下，家将接着道："少将大人不在，所以他很快就离开了。"听到这儿我顾不上休息，立刻又带了人出去，并且仔细吩咐过，只要佐为再来，无论如何也要留住他。这个消息让我心里绷紧的弦一下子放松了，所有的焦虑一扫而光。至少我知道佐为现在没有出什么事，我相信自己一定可以找到他的。

然而这一夜还是没有结果。第三天我又满怀希望地寻找了很多地方，一直忙到下午。我最后去的地方是浦田川，因为佐为和我曾几次到那里散心，他似乎很喜欢那里苍茫平静的景色。

离开河滩，三天没停的雨突然止住了，云层渐渐散开，露出了晚秋深净的天色。这两天来一直累得不行，加上昨晚一夜没睡，我有些支持不住了，想先回去稍微休息一下。路很泥泞，家将们也都累了，我担心出危险，便特意吩咐从大道走。

牛车刚刚进入大门，我忽然隐约闻到一缕香气，非常淡，若有若无。雨后冰冷潮湿的空气中，这丝飘荡在我身边的细微的香味带着熟悉的温暖感觉。是佐为衣服上的香味，那种他非常喜欢的香料的特殊味道。我正要叫近侍，突然之间，一种不祥的预感一下子在我心头升了起来，我不由地大喊道："快回浦田川！"

河滩依然非常安静，只能听到水流的声音。我一边派家将到附近的村子里打听，一边带人在这里仔细检查。将到水边，我忽然看到脚

下什么东西闪了一下，拾起来时，我认出是他扇子上的吊坠。精致的雕花衬出细腻的翠色，像潭水一样深湛碧绿，在淡薄的阳光下闪烁着澄净的柔润光泽；紧紧握住，手心有一丝坚硬的凉意。我有些急躁，正要回头催促近侍，这一刹那指间突然响起轻微的破碎声。我一惊，忙张开手看时，玉上依然留有未干的水纹，在吊坠的正中间，却隐隐出现了一条微微泛白的细痕。我不由一阵心慌，本能地抓住吊坠想要把它拼合好，玉却"叭"地一声在我手中突然断为刀劈般齐整的两半。

霎时间一股凉意自我的脚底直逼上心头，看着浅滩处层层积覆，随风起伏的芦花，一种巨大的恐惧紧紧地笼罩了我。这时近侍突然道："少将大人，这个农民好像看见过藤原先生。"我一看，是个年轻的庄户人，便尽量稳住声音，问他是否见过佐为。那庄户人有些害怕，

道："就在两个时辰以前，小民看见那位老爷往河里走，小民想那位老爷可能要投河，可是小民不会水，等小民找了人来，已经找不到那位老爷了……"

听到这儿我如遭雷击，差不多完全呆了，茫茫然地挥挥手让那农民离开。近侍凑近道："少将大人，要不要找几条小船来？"我如梦方醒，忙道："要快一点！"

我忽然觉得非常倦，非常累，背靠着树，几乎不能动了。不知过了多久，我听到了近侍的低语："少将大人，我们什么也找不到。卑职想……可能……""混账！快找！……水那么冷……"看着近侍惶恐地跑开，我知道自己失态了。我的嗓子完全沙了，有一点冰凉的东西悄悄划过面颊，我没有管它。

夜深了。河边的荒地平时一个人也没有的，今天却处处燃着火

堆。从跪拜的人们身边绕过，听着古老而悲凉的招魂的吟唱，我又有几分恍惚了。岸边有一线光秃的土地，靠左手不远黑沉沉的一片，是飒飒的苇丛；河水在面前缓缓流着，往外望去便是开阔的水面。一直无言地跟在我身后的阿绮走上前来，静静地跪下，低颂后小心地把手里捧着的灯放进了水里。

莲花状的灯在水波中慢慢地离开河岸，渐向远处漂去。河边还有许多人在放灯，明灭的灯火在暗沉的河面上点点闪烁，和夏日的流萤混在一起，渐渐汇入远处星光般的一带。有时一阵风来，能闻到很浓的草烟的味道，和着河水的微腥，混成一种呛人的苦味。

我呆呆地坐下来，旁边是阿绮垂泪的脸。看着她虔诚默祷的样子，我没有打扰她，转过头继续望着前面。我已经辨认不出哪一盏是

我们的灯，萤火虫在我们身边飞舞，落在身上，衣服上。风大了，寒气也一丝丝渗出来，我眼前的景物有些不清楚了。破碎的玉佩在香袋中发出了很轻的碰撞声，清远如乐。

这时候，一年以来始终紧紧缚住我的那个想法又无法控制地浮了出来：如果我有权势，如果我有哪怕一点点的权势，事情就能完全不同，完全不同。我的眼前模糊了，这个想法将我愈抓愈紧，我的手不自觉地握成了拳。朦胧中，我仿佛听见了身边阿绮惊慌恐惧的声音："源少将请别这样……您的样子好可怕……"但又似乎全没听清。周围的一切都遥远之极，我心中只剩下最后一个单纯的念头：我一定要获得权势，不管通过什么手段，我一定要获得权势，我要朝廷整个都在我的掌控中！

# 秋夜似水

■ **出处:《棋魂》**
■ **原著: 小畑健**

■ **文: Kata**

● ● ● ●

　　时序流逝，那永远不变的，便是那驰傲在方圆的白与黑，以及那对"神之一手"的追求。

　　"SAI。"光静静地坐在窗沿边，望着窗外的霓虹以及深空的圆月低叹。现今的他，已不再是当年的他——他是进藤光，天才少年进藤光，年仅十八岁的新一届本因坊得主。

　　多少个风风雨雨已悄然流逝，却依然忘不了指引自己走上围棋之路的恩师，亦是良友的SAI，记忆的脑海中，依然常常浮现着那抹肃穆的高贵、醉人的幽雅以及那比谁都执著的火热之心。

　　对弈被你视为了一切，那纯真的微笑，就如一抹清澈的泉流，深深的灌注的每一颗心流，那端坐与棋坛前，冷静、沉着、强大的你，又使多少棋坛的精英对你心存畏惧。

今夜，月很圆，如同清冷的银辉，幽雅而淡然。

月圆人团圆，凄凄怨怨，那连接着过去和未来的平安时代的棋士——藤佐佐为——却依旧如同冷月的清风，浮起心坎上的点点涟漪。

曾遗忘过？丢失过吗？

不曾遗忘，也不曾丢失，满月，月色最具魔力的思念之时总能勾起人们心中太多的思念，太多的回忆，太多的情怀。

还记得那初次的邂逅，爷爷的阁楼，渗透着那丝鲜血的古老棋盘，以及那满含悲凉、震魂人心的呼唤声——那是种近乎悲凉，却有带几丝的恳求的呼唤声。

"少年啊，如果你听到我悔恨的声音，看到我悔恨的泪水，就把你的身体，让我住进去吧"——很难想象，这就是他们的初次邂逅，当时的惊讶，也可想而知，光也为此，住进了医院。

直至现今，光，仍旧回味着与SAI的共同生活过的点点滴滴。

无论下多少盘棋，与多少的棋手对弈，每每挥舞起手中的那把折扇时，那抹熟悉的身影，便会欣然的飘拂幽雅的举止，温和的微笑，如同摇曳着的春风：每每执起那黑与白，那弹指间的灵光，仿佛宇宙的主宰，创造属于它的星辰。

那连接着过去与未来，那指引着数以万计的围棋爱好者多"神之一手"的光芒，造就了棋坛多多少少的精英。SAI，是你让这些能开创日本棋坛新世纪的少年们，明白了围棋的真正意义。

棋灵魂，棋中的灵魂，对围棋的灼热，对"神之一手"的追求，织成了辉煌的方圆，而那"白"与"黑"也在那方圆的世界中时时的渐进，追求着那共同的目标。

"真没想到，进藤，你竟然能挫败桑原，他可是有名的老顽固。"

"恭喜你了，进藤，年仅十八岁的'本因坊'。"

"恭喜你，进藤，你变得更强了。"

那些曾在"院生"时代便与他一同奋斗的挚友们，也在职业棋坛的世界中，迅速地进步着……河谷、伊角、濑美，这一张张诚挚的微笑，纷纷向他庆贺着，水晶杯中的果汁在杯底来回翻滚着，那红色的液体如同青春的火焰滚滚燃烧着、燃烧着，将这群能够开创日本棋坛的青春血液燃成刚强的雄伟。

"啊！没……没这回事。"光不好意思地搔了搔头。

"进藤，害臊了啊！这和与桑原老师对弈的你，可不同啊！"濑美喝了口果汁，颇有兴致地打趣道。

"这……这……"

"好了，濑美，进藤刚刚和桑原老师对弈完毕，你就别拿他寻开心了。"

"是啊，濑美，有时间作弄进藤，还是想想明天如何对阵仓田前辈吧。"

光微笑着聆听着他们的对话，忽然，电视台的新闻打破了他们原有的嬉闹。

刚刚结束的"名人"赛中，棋坛小天王塔矢亮以一目之优势，战胜其父塔矢亮洋行，获得新一届的名人头衔。

"塔矢，他也变得越来越强了，是不是，SAI？"光又一次望着天际的圆月，静静地想道，塔矢亮，又是一个能引起他心底涟漪的少年。

对光而言，塔矢的存在与SAI同样是那样的不可或缺。

　　SAI，憧憬中的目标，激励自己向着"神之一手"前进的最好源泉。而塔矢，则是迷茫中的一道光芒，即是那永远的竞争对手，也是最为珍贵的"同伴"。

　　"光与亮的结合，将能创造棋坛的新生。"桑原老师曾在采访中这样向众人说过。的确，随着进藤光与塔矢亮的快速进步，这句话，也在冥冥中，得到了验证。

　　光，穿梭在日本棋坛的希望之光。

　　亮，指引新生力量前景的一道明珠。

　　光与亮的融合，势必将在世界的方圆中，

　　开辟出属于他们一代的新篇章。

　　"塔矢，也很厉害的！"濑美一脸的称赞之情。

　　"看来，我们要更努力才是，与进藤、塔矢的力量，可不能拉得

更远哦！"伊角喝了口咖啡柔声道。

　　"那大家一起加油，为了我们的围棋时代，干杯。"

　　"干杯！"

　　玻璃杯的碰撞声，将他们对围棋的火热之心，推至更高的高处，一挥而过，手中的折扇飘然起舞，那是SAI的遗志、SAI的心愿、SAI的追求，以及与SAI共同相处的时光证明。

　　时光流逝，而我们也会变得沧桑，但SAI对于那"黑与白"，对于那"神之一手"的追求，却永远不会在岁月的洗礼中变的枯萎，棋灵魂的心愿，棋灵魂的探索，也会在更多的方圆中，得到实现。

　　窗外，月色依旧，偶然飘起的一丝微风，浮起了水秋之季的几篇叶枝，那深蓝的夜空，仿佛一缕淡紫的身影，从他那遥远的天际，露

出了清雅的微笑，那是抹连接着过去与未来的微笑，那是一抹理想即将得到实现的微笑，那是一抹成长中获得满足的微笑……

# 枫落归去梦

■ 出处:《棋魂》

■ 原著: 小畑健

■ 文: 藤原水

　　黑暗,眼前是无边无尽的黑暗,似乎要将人活生生地吞噬一般……

　　这是在哪里? 我为什么会在这里?

　　黑暗中我飞快地穿梭着,想赶快逃离这里,因为我被这无尽的黑暗压抑得几乎透不过气来,可是无论跑到哪里,前方除了一片黑暗依旧是一片黑暗! 我绝望了,屈服了,我只好站在原地不再移动,似乎在等待着死神的来临。

　　突然一道亮光出现在眼前,我下意识地用手挡住了刺眼的光线,待慢慢地适应了光线后,心中却莫明地升起了一种异样的感觉,似乎很熟悉,很熟悉……

　　就凭着心中那种异样的感觉,我慢慢地走进了那道已变得柔和的光亮之中……

　　顿时眼前竟出现了另一番和刚才截然相反的景象,接近傍晚的天空,原本的蔚蓝天空已经变得有些发红,没有一丝的云,一潭碧绿的湖水,在夕阳的照耀下波光粼粼,清澈见底,倒映着湖边那似火的枫树。微风徐来,丹红的枫叶随风飘落,轻盈而舞,盘旋而飞,最终落在湖水中,荡起一圈圈小小的涟漪。

　　我不禁被眼前的美景所震慑,好奇心驱使我走近了湖边,踏在了落在岸上的枫叶上,可是为何在这美如仙境的地方,我却在空气中感觉到了一丝凄凉……

　　而且如此清晰地萦绕在心头!

　　低头看了看脚下的枫叶,叹了口气,然后抬头远望,突然湖中那无声地向前移动的一抹身影映入了眼帘。

　　我愣了一愣。

　　峨冠白衣,如夜色般柔媚的青丝倾斜于身后,被一条白色的丝带松松地束住,夕落的残阳将他的影子反射在清澈的湖面上,一阵清风拂过,又将影子吹散……此时那抹身影却在逐渐地与这清澈碧绿的湖水融为一体……

　　这时,心突然被什么刺中一样地疼痛,不禁用手捂住了胸口,"不——"我大声地朝湖中那抹白色的身影喊道,随后飞一般地冲入到了冰冷的湖水中,不顾锥心刺骨的寒冷,毅然一步步艰难地向那身影走去,在他身后一把抱住了他,不让他再有前进的机会,然后将脸轻贴在那散发着淡淡清香的黑发上。

　　"佐为你这是要做什么……不要,不要再离开我了好吗……"我的声音里充满了乞求。

他被我这突如其来的动作吓了一跳，虽然看不到他脸上的表情，双肩却明显地颤了一颤，但很快又恢复了平静。

一阵长长的沉默之后，"……一个背负着罪名的人，是没有任何理由再苟活在这个世上！何不一死了之！"依旧是平静的语气，只是却……包含了那么多的无奈。

"你……是在说那盘棋吗？"我终于明白了现在的处境，居然是……而佐为他是要……

"你是清白的啊！你只是被奸人所陷害，在那盘棋局上作弊的并不是你！！"我抬起头坚决地为他辩解道。佐为听到我的话语后，缓缓地转过身来，望上了我的眼睛，似乎惊讶于我的回答，现在的他应该不认识我……

昔日那双清澈如这潭湖水般的眼眸，此时却黯淡了很多，淡淡的充满了哀愁！

"现在这些对我来说已经不再重要了！"他低着头轻轻地摇了摇，但很快又抬了起来冲我嫣然一笑，倾国倾城。"不过，至少这个世上还有一个人相信我是清白的，所以……死也无憾了！"

"我一直都相信你的，所以和我回去吧！"我说着拉起他的手，往回走去。

他的手冰凉一片，没有任何温度。

而我的眼也在转身的瞬间湿润了……

我不能让他去死！

可是我却没有拉动他，只有回过头疑惑地望着不断摇头的他，松开了手……

"不……"

"为什么？为什么？"

"那是因为我的罪名早已被世人认定，所有人都认定是我玷污了那盘棋！……我已经没有任何颜面再去拿棋子了……没有……"他又低下了头，看了看自己的右手，然后将右手浸入了冰冷的湖水中，"也许只有这清澈的湖水才能洗净一身罪恶的我吧！"他额前长长发丝遮住了脸庞，遮住了表情，我看不清晰，看着他这个样子，我的心似乎都在滴血……

"你……你真是太固执了！"我皱着眉，强忍着眼中的泪水向他喊道。

他一下子愣在了原地。

"你没有罪的啊……难道你真的要为了这件事而放弃了自己的生命？就此放弃自己此生最爱的围棋？你不是还没有领悟到'神之一招'吗？难道这个你也要放弃吗？你真的觉得这很值得吗？"我抓住了他的胳膊，不断地质问着他。

"……是啊……我还没有领悟到'神之一招'啊！"他轻叹了口气，抬起头望着天空，夕阳的余辉洒在他雪白宽大的袍裾上，染上了一层淡淡的红晕，秋风袭来，阵阵凉意，吹乱了他额前的发丝，此时一行清泪悄然滑过他的脸庞。"只怪神明没给我这个机会……"

泪滑过他的脸庞，却划在我的心上。

"不是神，应是你自己才对！你有这个机会，你应该把握住才对啊！"

"谢谢你！谢谢你的信任。"他突然又微笑了起来，有些苍白的脸上还挂着一道浅浅的泪痕。

就在我有些分神的时候，他凄美地笑着，摇着头慢慢地向后退去。

"不——要——"我刚要再上前去阻止，却被迎面纷纷飞舞而来的枫叶所阻挠，视线开始变得模糊，而佐为那俊美的容颜也开始迷离起来……

为什么？为什么会是这样？

想努力地避开这些枫叶，却根本无济于事，满天的枫叶像是要将我埋没一般，无法前进一步，

难道……这些全是注定的吗？

注定他这次要放弃生命！

注定他在一千年后会遇到我，将对围棋一无所知的我引领到围棋的世界，然后再离开吗？

心……好痛！

待枫叶停定下来时，他却早已消失在了眼前，周围的景象平静得犹如什么事都没有发生过一般，湖水依然清澈，枫树依然火红，惟独这水面上浮着片片刚刚飞落的枫叶，证明刚才所发生的一切是真实的。

我缓缓地低下头拾起身边的一片叶子，默默地望着这红艳如血般的枫叶，再也忍不住了眼中的泪水……

"佐为……如果知道三年后你会离开我，我宁愿选择让你好好地活着，宁愿选择从来都不曾认识过你……"

突然眼前又陷入了一片黑暗中！

什么枫树、湖水全都在都在瞬间消失了，"佐为！佐为！佐……"

我猛地睁开了眼睛，却发现躺在自己房间的床上，那……刚才的都是梦……竟是如此清晰……

……

距离上次梦到佐为已经很长时间了，我以为我会忘掉他，但是那似乎实在自欺欺人，他依旧清晰地留在我的脑海中，不曾忘记过，只要每次一拿起棋子，我就会感觉到佐为好像又坐在我的身边看着我下棋！

为什么又会梦到他，并且是在那个时候，那个地方？

边想边起身拉开窗帘，竟看见了远处随风飘扬的鲤鱼旗，我一下子愣住了，攥着窗帘的手明显在颤抖，原来今天是五月五日！

而佐为离开我已经一年了！

时间过得好快……

打开抽屉，拿出了佐为上次在梦中留下的折扇，又坐回到了窗前，看着手中的扇子，一折一折，似乎有着永远也展不完的美丽，想起了他曾经用它遮住因为再次能够下棋而激动流下的泪水，想起了他曾用它指导我一步步地学会下棋，想起了他曾把它交在我手中的一刹那……

一切的一切都历历在目，仿佛就发生在昨天一般。

窗外，五月的微风轻轻地吹在脸上，暖暖的，远处飘动的鲤鱼旗预示着又一夏天的来临，抬头仰望天空，淡淡的云漂浮在空中，慢慢的游走着，我紧紧地握了握手中的折扇，望着远方露出了坚定地笑容。

"佐为，我不会让你失望的！"

# 那一刻天荒地老

■ 出处:《棋魂》
■ 原著: 小畑健

■ 文: 阿雅

一

秋天微凉的雨,秋天微凉的夜。

塔矢醒来是伴随着窗外雨打竹筒的声音。叮叮咚咚,声声作响。

他推开门去倒杯水,却无意中看见了走廊和室旁站立的母亲。

昏黄的灯光下鬓角的几缕银丝,微微向上翘起的眼角的鱼尾纹。
岁月在她曾经美丽的脸上碾过,刹那间青春逝去,然后不再。

母亲定定看向和室里的目光淡然而忧伤,小巧的唇张了又合,合
了又张,终于在逐渐微弱的雨声中转身离去,柔软轻巧的足没有留下
一丝声响。

母亲始终没有注意到倚在旁侧的塔矢,因为此时此刻母亲的眼

里，只有父亲。

塔矢不需证实也确信父亲此时的动作。

一丝不苟端坐在下到一半的棋局前，因为雨夜的凉意把双手蜷缩在袖管里，目光一如既往的平静，收敛着不易察觉的落寞。

他在等。等那个人。坐在棋盘前，继续永远也下不完的棋局。

日复一日，年复一年……

第二天醒来的时候，窗外的雨已停。

被洗刷过的天空格外湛蓝高远，空气里携带着泥土的清香，打落的枫叶铺满了庭院中的石子小径，像下了一场红色的雨。

打理完自己和房间，塔矢迈着优雅的步伐走到玄关。

母亲已经像往常一样准备好了早饭。生鱼片、寿司、稀饭，传统

的木筷和托盘，标准端坐着的双腿下是地板清晰的花纹。

古老的日式建筑，庭院里的潺潺流水声。笔挺西装下，依旧是江户时代的日本人。

"今天也有比赛吗？"

"嗯。会晚点儿回来。"

也依旧是彬彬有礼到有些疏远的对话。

塔矢把一片生鱼片送进嘴里，细腻的口感无形中透露着母亲的小心体贴和浓浓爱意。

不由抬起头，看着炉灶前忙碌的身影。颈后细密的汗水，消瘦的双肩。

身体里有什么地方痛了一下。

塔矢放下碗筷，突然道："昨晚为什么不进去呢？"

"什么？"母亲笃地转身，眼里写满惊讶和慌乱，"你看见了？"

"母亲……是怕父亲受凉吧？"

母亲没有说话，低垂的眼睑代替她回答。

"那为什么不告诉父亲你的担心呢？"

母亲突然笑了，眼角泛起鱼尾，目光柔和似水，用最标准的姿势跪坐在塔矢面前，伸手小心替儿子整了整并不凌乱的领口，声音空洞而悠远。

"那样的男人，是让人无法接近的……作为一个女人，首先要学会如何为自己的男人保留一份私人空间。"

"你父亲等的人……不是我……"

塔矢心一紧，身体蓦地前倾，语气有些慌乱："母亲你别这么说！"

对面的女人只是笑，温柔不带一丝妩媚，明了没有伤感："这么多年，我太明白了，你父亲他并不爱我……"

"母亲！"塔矢焦急地打断她的话。

"不要为我担心，我看得很开。"母亲接着不紧不慢地絮絮道来，"我们从小青梅竹马一块长大，长到所有人都认为该结婚的时候就结婚，等到所有人认为该有个孩子的时候就有了你。按部就班，有条不紊。

"但——只有我心里明白：你父亲一直只把我当朋友，我们之间从来没有轰轰烈烈的爱情，从友情一下子就转变为了亲情。

"像你父亲这样的男人，眼里只容得下围棋和对手，家庭，只是额外的附件。

"这样……又有什么不好？我的梦想，只是在你父亲身边守一辈子，在自己慢慢变老的同时，看着他慢慢变老……

"我的梦想，已经实现了……"

塔矢闭上眼睛，听见水滴滑落的声音。

滴滴答答，声声作响。

母亲，地地道道的日本女子。柔情似水，对丈夫百依百顺，鞠躬弯到九十度。

为她感到悲哀吗？ 觉得她没有出息吗？ 这是她的梦想,她生生世世守候的准则。

"小亮……"母亲温暖的手拂过他的眉梢，塔矢睁开眼睛。

母亲的眼睛晶莹剔透，蕴藏着无数欲言又止，塔矢第一次，感受到那是一个母亲望着儿子的眼神。

"你还小，很多东西不明白。也许有一天——但愿有一天，你能

体会到想和一个人走到天荒地老的感觉。"

窗外哗哗的流水声依然动听，像命运女神指尖流淌的琴声；鸟儿惊起飞向一望无际的蓝天，带起满枝树叶沙沙作响。

塔矢抬头看向窗外，白云浮动在他碧绿的眸子里。

天荒地老……吗？

## 二

依旧轻松取胜，依旧在棋会所里和进藤吵得天翻地覆，依旧拖着疲惫的步伐和先前吵架的对象一前一后走在寂静的小巷。

"喂，我说塔矢，我明天可能不来棋会所找你了。"前面的人漫不经心地道出一句。

塔矢脚步一顿，语气中不由带上一份失落："为什么？"眉头微锁。

"都是那个明明啦，叫我明天到她们高中下指导棋，我总不能老是推辞吧？"抱怨的口吻，却流露出一份宠溺。

塔矢恍然，那个明明，就是他的"她"。

此时的心情，与其说是欣慰，不如说是释然。

总有这么一天的。塔矢想起今早母亲的话，进藤总会长大，长成英俊的青年；有一天他会结婚，会有孩子；然后他会慢慢变老，终于在一个阳光明媚的午后，躺椅上的老人慢慢闭上眼睛，手中的棋谱悄然滑落……

草地上成群的孙儿依然嬉笑，午后的阳光也依然明媚。

千百年来遵循的规律，叶落归根，绿芽又从结疤处新生。

那个时候的自己，也会像父亲一样，最终向这个社会妥协的吧。

哪怕心里装满了围棋再也容不下别的的东西，哪怕与生俱来的孤傲，哪怕还未体验过想和一个人走到天荒地老的感觉。

只是……塔矢看着面前男子夕阳下晃悠悠的影子，这个人……

天边的晚霞过于浓重，渲染着路边光秃秃的树木和成排的房屋，整条街像被熊熊烈火包围，绚烂得化不开。

进藤狭长活泼的背影也过于贴合这滚滚红潮，整个人像是随时会融化、蒸发、消散。

塔矢突然想起那夜秋雨的凉意,想起父亲一成不变的表情背后的落寂。想起知音难寻的孤单,想起一辈子的期盼,生生世世的等待。心里蓦地生出一份不安,又从不安加深为恐惧。

朦胧中,唤出那个人的名字:

"进藤……"

进藤回过头,看见塔矢眼里的流莹。

刹那间沧海桑田涌过,依稀记得很多年前的一个傍晚,小小的自己,追逐着小小的亮。炯炯有神的双目,少年轻狂。

那天也有这般火红的晚霞,这般清朗的风。

呼呼吹过耳畔,携带着如梦如幻的呓语:"不要……离开啊……"

深深的不安,掺杂着浓浓的依恋。

进藤瞳孔蓦地收紧:"什么?"

塔矢这才如梦初醒般意识到自己说了什么,迅速捂住双唇的同时,满脸窘迫不安。

"没……没什么……"

算是尴尬吧。这样的气氛。

然后进藤笑了,眉毛挑衅似的高挑着。"真是的,只不过陪别人下一场棋而已,也犯不着摆出一副弃妇的模样吧?"

弃妇?!塔矢脑中哄的一声,先前的窘态一扫而空。

"进——藤——光——"某人开始发问。

他总是这样,开着不正经的玩笑开脱不善言辞的自己,善良的心隐藏在不拘小节的外表下。

在打闹的过程中,塔矢眼角瞥见天上的浮云,缥缈得有些虚幻,朦朦胧胧看不清。

　　莫名的不安滑过心底。

　　是不是，有什么事情，要发生了呢？

　　谁也没有想到，名人头衔挑战赛第四场，对绪方名人一战中塔矢输了。

　　"塔矢今天发挥得不好，有些心不在焉。"

　　专家围成一圈窃窃私语，进藤的目光却已随着塔矢一言不发离去的身影飘走。

　　瞒不过我的眼睛的，进藤想。

　　从下半局一开始塔矢就不在状态，时常眯着眼睛，看东西很吃力的样子，抓紧坐垫的手也有些颤抖，一点儿不像平时安定自若的

塔矢亮。

　　进藤紧跟着慌忙离席而去的塔矢。果然，推开厕所门，进藤看见的是趴在水池上呕吐不止的塔矢。

　　心，猛地一沉。

　　一个箭步冲上去，按住他颤抖的肩膀，急道："怎么回事？"

　　塔矢抬起苍白的脸，挤出一抹惨淡经营的微笑："没事，也许是昨晚感冒了吧。"

　　对方已然盛怒，毫不客气地大声指责："一个人住也不知道好好照顾自己！生病了还瞎逞强！看过医生没有？"

　　"我都说没事了……"塔矢扳过他的手，站直了，无所谓地笑笑，"只不过……"突然眼前一黑，直挺挺地倒在进藤怀里。

# 三

塔矢住院了，要进一步查明病因。

恰巧，塔矢的父母不在日本，市合小姐担当起母亲的角色，忙前忙后。

病号本人悠闲地躺在床上翻看今天的棋谱，对面坐着铁青着脸的进藤。

若不是护士小姐一再提醒医院里禁止大声喧哗，他早就理直气壮地把塔矢的罪状一一数落。

走廊里戴着金边眼镜的医生郑重地和绪方讨论着塔矢的病情。

"检查结果还没有完全出来，但你们要有心理准备，毕竟是脑的问题……"话语戛然而止。

因为他看见了不远处的进藤，咄咄逼人猎豹般的眼睛。

"还是……等最终结果出来再说吧。"医生留下一句，匆匆离去，他不知道自己算不算是落荒而逃。

进藤伸手拦住了他，"把话说清楚"，毫不犹豫的语气，眼里两团炽热的怒火熊熊燃烧，像只随时会扑上来的野兽。

"进藤！"绪方的手按在他的肩头，轻声却不容抗拒，"不要这样，这不是医生的错。"

进藤猛地回头，看见绪方眼里隐藏不住的担忧和不安，如入冰窖般的寒冷冻结了全身。

伴随着塔矢父母归来的还有塔矢的最终诊断。

脑瘤——恶性脑瘤。

"你知道，这意味着什么吗？"

在获得诊断的那一刻，所有人内心深处的最后一丝希望轰然崩塌。

那天，下着淅沥的小雨。

塔矢站在苍茫雨幕中仰望昏沉沉的天，雨落在脸上化成了泪，滑下面颊又变成了雨。

第一次，他第一次清楚感觉到内脏被掏空的感觉，空空荡荡的，整个身体宛如不属于自己。

早就听说棋士因为用脑过度时常会莫名地死去，但他从未想过这样的事会发生在塔矢身上。

已经习惯了有他在身边，从未想过有一天会远离。

原来，死亡从来就离得这么近。

雨过天晴。成群的鸽子回旋于医院上空，天依然湛蓝高远，云依然洁白缥缈，也更加……模糊了。

视力，急剧下降。

从未有人对他说过什么，但从母亲红肿的双目，父亲的欲言又止和进藤的失魂落魄，以及护士们的窃窃私语中也大致了解了自己的病情。

因脑部神经压迫带来的视力下降和头晕恶心已经持续了一段时间，自己却没有往心里去。

算不算，自作自受呢？

既然没有人告诉我也没有人责怪我，那么，就装作浑然不觉不去捅破吧。

现在我惟一能做的，也只有自欺欺人了。

明天是头衔赛最后一场对决。

"放弃吧。"这是医生的忠告。

"要不推迟？"这是棋院老师的建议。

塔矢只是微笑着回绝了各方来言。

但像猎豹一样冲进来阻止他的却有一人，他是进藤。

"我不允许你去比赛！"有话直说是他的一贯作风，哪怕听来是多么的幼稚可笑。

塔矢微微向上翘起的嘴角有着戏谑的味道。

"现在养病最重要你知不知道？"进藤愤怒地撑着床沿，对上他的眼睛，"如果，如果没有好的身体，什么围棋啊梦想啊，全都没有

了……"

如果死了……什么都没有了……

"我知道。"塔矢眼里波澜不惊，"就是因为有梦想有追求才要抓紧时间。

因为也许，也许……"

进藤睁大了眼睛。

"以后……"只看见一如既往平静优雅的微笑，"就再也没有下棋的机会了……"

原来，亲口承认自己的死亡是件这么艰难的事。话到口边，苦涩无比。

一瞬间涌上心头排山倒海的痛苦几乎要把他吞没，积郁在胸口的

阴晦差点就要化作滚热的液体潸然泪下。

可……他不能。

他是所有痛楚的根源，亲友流泪的对象。如果连他自己都坚持不住，一切就只有绝望。

就是装，也要装得坚强。

原来，他一直都知道……进藤愣愣地看着塔矢，然后砰的一声，跪倒在地上，手抓紧床沿，脸深深埋入洁白的床单，断断续续传出模糊不清的话语："你有没有想过……如果……你有什么三长两短……我该……怎么办……"

塔矢的笑容骤然凝固，紊乱的眼神和起伏的胸口泄漏着急切想知道这句话的言外之意。

柔软的窗帘飘荡在眼前——

如果你死了，我和谁下棋？

阳光直射着塔矢苍白的面颊。

如果你死了，我和谁吵架？

耳边充斥着鸽子的鸣叫枫叶的婆娑。

如果你死了，我和谁一起走到……

天荒地老……

最后的访客是明日一战的对手绪方。

"绪方先生，加油啊。"再自然不过的微笑。

眼镜片一闪，绪方若有所思地点点头，正准备出门，身后的塔矢喊住了他。

久违的伶俐而严肃的眼神。

　　转过身来，绪方久久凝望这个自己最了解也是最疼爱的小师弟，平静地说："放心吧，明天的比赛我不会放水的。"

　　塔矢如释重负地笑了，几日来惟——次发自内心的笑。

　　就算生命即将逝去，有些东西，神圣不容侵犯的领域，是一定要守候的。

# 四

　　塔矢总算知道了什么叫一着不慎，满盘皆输。

　　因为住院只能通过互联网比赛，因为剧烈的头疼和模糊的视线，塔矢从没感到一盘棋竟会下得如此力不从心。

　　只是因为一瞬间的眩晕，只是因为鼠标上颤抖的指尖，落错的棋

子在屏幕上狰狞地冲他微笑。

　　绪方果然没有放水，抓住漏洞势如破竹地进攻，使原本已落入下风的棋局土崩瓦解。

　　无可挽回了吗？

　　塔矢痛苦呻吟一声，把头深深埋入臂弯。

　　周围一片惊呼，在旁等候的医生护士瞬时围了上去。

　　而塔矢，坚定地推开了他们。

　　尖锐的指甲毫不留情地陷入肌肤，钻心的疼痛使原本混沌的头脑前所未有的清晰起来。

　　他塔矢亮，从来就不需要同情，安慰或者鼓励这些没用的东西。

　　他想要的是，他梦寐以求的是——

绝对不能输！绝对不能输！无论如何都不能输！

如果在这里输了，如果这次输了，也许就再也没有赢的机会了。

所以……

塔矢猛地抬起头来，碧绿的眸子灼灼生辉，两条巨龙在他眼里不住翻腾，不见胆怯彷徨和哀伤，只能看见坚定不移的信念和杀气腾腾的气势。

进藤突然想起初遇时少年美丽清澈的大眼睛，想起眼里燃烧的斗志和满满的自信，心无杂念地追求着围棋和胜利。

纵是岁月荏苒，光阴不再；纵是曾经的朝阳，如今湮成晚霞，依然气势如虹，动人心脾。

然后，请平静地接受结果。

输了。塔矢输了。一目半。

赶不上了。仅此而已。

少年白皙的手慢慢从黑色的鼠标上滑下，流光溢彩的屏幕在他眼里慢慢沉淀，凝固。

像是要把这盘棋定格在脑海，铭心刻骨。

他转过头去，不让人看见他此刻脸上的表情，阳光拂过他光滑的面颊，不留痕迹，然后他轻轻，轻轻地说："请让我一个人静一静。"

依然是无论何时都不忘使用敬语的塔矢亮。

绪方从喧闹的棋院出来的时候，屋外阳光肆无忌惮地张扬。然后就看见不远处虎视眈眈毫无畏惧地瞪着自己的少年。

"混蛋……"进藤咬牙切齿，"既然塔矢永远也不会说出口，那我就替他说：你是个不折不扣的大混蛋！"

绪方摘下眼睛慢慢擦拭，面无表情。

"不过……"少年的铁拳在离他胸口几毫米处停下，"如果你敢放水，就是个更加不折不扣的大混蛋！"

转身离去，阳光下骄傲的金色猎豹。

绪方擦拭的动作蓦然停住，咸涩的液体无声无息滑入嘴角。

"果然……阳光太刺眼了……"绪方说。手掌遮住湿漉漉的面颊，也遮住一览无遗的阳光。

进藤推门进去的时候，病房里只有塔矢一个人。面朝窗外，脊背坚挺，柔顺的头发飘洒在阳光里。

他轻轻走过去，温柔地握住被子上那只白玉雕成的手。

塔矢微微一颤，终是没有挣脱。

只有接触才能感觉到手掌冰凉的温度，像一具没有生命的冰雕。

塔矢慢慢转过头来，看他。

他知道自己再也隐藏不住，承担不起了，心灵早已无能为力，不堪重负。

坚强的外壳层层剥落，露出苍白无力的面颊。

眼里毫不掩饰地流露出他此刻的悲伤、不甘、悔恨、还有挥之不去的恐惧。缺少的，只是一种名为眼泪的东西。

塔矢眼里的百转千回悄然无声地撕扯着进藤的灵魂，仿佛在一瞬间就想要把他搂入怀中紧紧拥抱一般。

然而，却没有。

窗外的阳光过于刺眼，挥洒在寂静的房间里。

苍白的脸色，苍白的衣着，苍白的床单，苍白的墙壁，苍白的天花板，满目苍白。

这纯洁的颜色甚至让人不忍去触碰，就像一张已然透过光来的薄纸，生怕会将它捅碎。

# 五

塔矢剃去头发，因为要动手术了。这种病不开刀不行，虽然开刀的成功率极不容乐观。但至少有生的希望，就应该好好抓住。

戴着金边眼镜的医生再一次和塔矢夫妇详谈，强调明天手术的风险。

"毕竟脑部的手术，谁都……"后半句话硬生生吞了下去。又是那个少年，猎豹一样的少年，用足以吃人的眼神怒视着自己。

幸好没有进一步的举动，只是攥着拳转身离去。

谁都……

谁都不敢保证吗？

如果是几年前的进藤，一定会冲上去怒不可遏地给那个混账医生重重一拳，但现在的他，已经不再是个孩子。

他要为自己的言行举止负责，要懂得克制和忍耐。

成长，始终是一件痛苦的历练。

天暗下来了。

塔矢微笑着对父母说："你们今天晚上不用照顾我了，我想一个人静一静。"

母亲大吃一惊："这怎么可以？你明天……"

"所以，我想一个人静一静。"

母亲的手停留在半空，她在儿子眼里看见前所未有安定祥和的目光，也看见不容侵犯的威严。

她懂了，在接受死亡判决的最后一个夜里，她一向坚强自持的儿子，也许想好好宣泄一下。

和喜悦的着急的气愤的眼泪不一样，脆弱的眼泪，是不可以流给别人看的。

父亲扶起身体此时有些虚弱无力的母亲，慢慢向门外走去。再融洽不过的感觉。

塔矢突然懂了。

其实，母亲，从来就没有你想的这么复杂。

无论是友情亲情爱情，只要之间有深厚的感情，就能够牵着彼此

的手走过生生世世。

"爸爸妈妈……"当两位长者还在为塔矢省去敬语而惊讶时，下一句话就让两人不禁老泪纵横。

"如果有下辈子的话，我还想做你们的孩子……"

夜深了。雨滴滴答答打在窗台上。

是那种沉闷的声音，远不如家中雨打竹筒声来得悦耳动听。

叮叮咚咚，中空而悠远，像一首古老的打击乐。

其实在这样一个特殊的夜晚，塔矢更想睡在熟悉的家里。

哪怕更多的是冷冷清清一个人，毕竟充满自己儿时的，少年时的，朦胧美好的回忆。

明天，究竟会怎样？

是成功，然后接受漫漫无期的放疗化疗；还是就这样静静地死在手术台上，停留在自己最年轻最意气风发的岁月。

也许，死了更好……

然而一瞬间死亡的恐惧铺天盖地地袭来，吞噬了空寂的心灵。

"什么围棋啊梦想啊，全都没有了啊！"进藤声嘶力竭的呐喊回响在耳边。

真的，死了就什么也没有了。

就不能再下围棋，就不能再触摸冰凉的棋子，就不能再感受亲人温暖的笑靥，就不能再看见进藤神采飞扬的眼睛。

死亡，就意味着一切的结束，而不是重生。

塔矢在黑夜里蜷缩成一团，紧紧拥抱着骨瘦如柴的自己，恢复成母体内的姿势温暖冰凉的自己。

终于承认一直以来自己都是害怕着的，害怕有天醒来就再也看不见那片湛蓝高远的天，一个人默默着忍受无边无际的死亡的逼近。

我才18岁，我还不想死，我还有太多的东西没有经历，我还没有体会过天荒地老。

哪怕未来的岁月黯淡乏味，哪怕被病魔纠缠一生，哪怕最终会向这个社会妥协……

只要活着——

就有希望……

一缕柔和的光线射进房间，门被推开了。

现在的眼睛已经看不清任何景象，只能迷迷糊糊感觉到站在门口晃动的人影。

　　但耳朵，日益灵活起来的耳朵，清晰出辨认出来者熟悉的呼吸声。

　　"进藤吗？"小心翼翼地问。

　　门在身后被轻声关上。人影走到了自己床前。

　　"塔矢，你记不记得你曾经说过，叫我不要离开？"温柔到虚幻的声音。

　　"那么，今天我把它还给你——塔矢，不要离开我，离开你身边的朋友们……"温柔的声音瞬间化成轻声的呜咽。

　　"不要离开啊……"屋里的水珠一滴滴落在冰凉的地面上。

　　"不要离开啊……"窗外的雨声渐渐远去，塔矢只能听见进藤的声音，进藤的眼泪。

　　"等你病好以后，我们俩要下一辈子的围棋……"

　　第一次，入院以来第一次，塔矢感到温热的液体在脸上肆无忌惮地蔓延。

　　他只有咬紧被角才能勉强抑制住破涕而出的呜咽。

　　原来，想要的，从来就很简单……

　　我，还有进藤，坐在竹屋狭长的屋檐下，听着头顶雨打竹筒的轻响，时而谈笑时而争吵进行面前的棋局。

　　日复一日，年复一年……

　　相伴着慢慢变老。

　　最后，在一个阳光明媚的午后，在绿得像一块精心编织的地毯的后花园里，静静持续最后一局对弈。

　　我，或者进藤，再也耐不住性子出声提醒对手该走下一步的时候，却看见对面的他低垂着的头，面容安详，像是已悄然睡去，再也不会醒来……

手边的绿茶依然温存，午后的阳光依然明媚。

身边没有来来去去的孙儿，耳边没有吵闹的嬉笑，就只有我们两个人——只有我们。

年年岁岁，岁岁年年。

泪光模糊中，视线竟前所未有的清晰起来。

看见的，是同样泪流满面的进藤光。

深夜的雨依旧持续，深夜的风依旧寒冷。

点点滴滴的雨落在自己心头，叮叮咚咚，像一首古老的打击乐。

那一刻，塔矢相信自己，已经看见了天荒地老……

# 四章 大话西游

PART 4 DA HUA XI YOU

# 血日紫蔷

■ **出处:《最游记》**
■ **原著：峰仓和也**

■ **文：绿月迦蓝**

西方。

阴翳的云，浓且厚的，盘踞在天空中，没有阳光，只有深深浅浅的灰与黑。这样的天空，已经持续多久了？忘记了吧……包括阳光的温度和颜色。

这是个被人恐惧到不愿想起的世界，有着嗜血的妖魔和凄厉惨号，被摒弃的没有光的世界。

吠登城。

厌恶阳光的黑暗城堡，每一块方砖，都弥散出浓浓的血味，是冤魂纠缠的气息。青褐色苔藓布满的城壁，很厚、很冷，隔绝着一切。

然而，令人惊异的，是这样的魔域里，竟然还会有花在盛开。

蔷薇，紫色的。不同于阳光下喧闹的玫瑰红和宁静的洁白。只生长在魔域的纤弱枝干，墨色的叶间，隐现一抹相似于黑暗，却异于黑暗的绛紫。

　　美丽的女人，斜倚在矮矮的镂花窗台上，如水的眸子，流转着黑暗世界不该有的温柔。城下刮来阴冷的风，吹入她的怀里，拂过沉睡在那纤弱手臂间的婴孩的小脸。玉质温润的手，很自然地将孩子抱得更紧，仿佛风中藏有不知名的黑爪，随时会将这心爱的孩子抢走。

　　闻着母亲特有的乳香，孩子的脸在梦中露出天使般的笑容。看着这张稚嫩无瑕的小脸，那女人轻柔地笑了，宛如月光下微波清漪的深海。可就算是笑着，也掩不去那双水色眸子中无尽的凄楚哀婉。

　　"为什么你会出生呢？我的孩子啊！出生在这个我无法保护你、也无法给你幸福的地方。"抬眼遥望着没有边际的暗黑苍穹，寻找着光的眼眸，始终只有失望地闭起。泪，凄然滑落。

　　晶莹的泪珠，滴落在孩子的脸上。被母亲的悲伤吵醒的婴孩，睁开了纯净的双眼——淡淡的水蓝色瞳仁中，映出罗刹女青玉雕琢的绝美面容。

　　"我的孩子……"疼爱地垂下头，罗刹女浅浅吻了吻婴孩滑嫩的前额和额上的细发。鲜红色的、柔软的发，甚至，比那唇上的血色还要艳红。

　　红孩儿，这样的名字，与这血色的发，是相称的吧。

　　可是这样的名字，会幸福吗？

　　传说中，只在人与妖结合生下的小孩身上，才会出现的禁忌颜色，为什么竟为你所拥有？因为，我们……真是罪孽深重吗？以致我们一生也偿还不尽，而必须要交由你来背负吗？我的孩子啊！我不该出生的孩子！

风，变大了，吹乱了罗刹女的发鬟，丝丝缕缕散在风里的淡青发丝，沁润了夜寒的料峭。

哀号！是的，不会听错！这种混杂在风里的悲惨声音，在这座城里，早已听了数百年。

可为什么每次听到，还是无法麻木这渗透了血的彻心寒意。

牛魔王，我的丈夫，当你与玉面公主两人在人肉的饕宴中恣情放纵，狂醉淫乱时，是否也能听到，咽入喉间的温热血浆，发出的绝望诅咒。

这——就是罪吧。

神啊！

不，身为妖魔的我，是不该呼唤神的名字的。

但是，作为最初也是最后的一次，请允许我以你的名为誓，祈求这所有的罪，令我独自承受啊！不要……不要让我可怜的孩子背负不幸。

我最心爱的孩子……我无法保护的……无法给他幸福的孩子。

崩塌。

城上，碎裂掉落的石块强烈地撞击着地面，颤抖着裂出无数深深沟壑的大地，仿佛是开启的鬼门。冤魂，在空气中凝聚了浓重恶臭的焦味——烈焰舔噬吸吮着血肉的焦味。

吠登城陷落了。

罗刹女青衣素服，一如平日地斜坐在矮窗台上，娴雅宁静的神情，似乎窗外那进行着的混乱和崩毁，都是与己无关的幻象。

耀眼的金黄色光柱，直冲霄汉，无情地撕碎了吠登城上空千年不散的暗黑云层。这种光，真得很灿烂啊！是不是，太阳的光辉，就是这样的颜色？

与这场战争不相谐的微笑，在罗刹女的唇际悄然浮现。

已经是时候了吧……

"砰——"门被重重地撞开了，一个年轻的男子闯了进来。

"母亲大人！这里太危险了，请赶快离开吧！"那男子神色焦急地跑到罗刹女的面前。强健的身体上，暗红的上身衣衫已被撕破了数处，露出小麦色的肌肤。非常英俊的脸，在血迹中变得斑驳，那种鲜红的液体，与他的发有着相同的颜色。

"我不要紧，红孩儿，倒是你父亲，牛魔王他怎么样了？"轻柔地擦拭着儿子脸上的血，罗刹女婉约清灵的声音，平静如波澜不扰的

微风。

"父亲大人不听劝告，独自去迎战斗神太子，已经被神咒封印了！"并没有为父亲的战败而付出任何懊恼和悲伤，红孩儿在乎的，只有眼前慈爱美丽的母亲而已。

"那么，玉面公主呢？"罗刹女的声音没有一丝改变，仅是为了知道似的这样问着。

"那个不要脸的女人？"咬牙地说道，红孩儿脸上是极度的鄙夷和厌恶，"在获知斗神太子进入了吠登城的城门之后，就再也不见踪影了。"

"是这样吗……"依然是平静的语调，罗刹女只是轻握起了红孩儿的手，将幽远的目光重新投向窗外。

"母亲大人！"红孩儿几乎是大喊着，焦虑和担心让那双坚毅的眸子失去了镇静，"很快斗神太子就会杀到这里来了，请您快离开吧！！我会留在这里拦住他，直到您平安离开为止的！"

　　"我的孩子……"回身，罗刹女紧紧地拥住了那个强健温暖的身躯，感受着自己身上血脉的延续，"红孩儿，我惟一的希望，只是你会幸福而已。"

　　"母亲大人……"太突然了，不知所措地被母亲拥在怀里，红孩儿可以清晰地聆听到罗刹女体内不寻常的心跳。但是，此刻心中燃烧着的必须保护母亲的强烈念头，让他忽略了一切。

　　眼前的灯火忽然闪了一闪，变得昏暗了起来。一股异香融散在空气中，然后，逐渐侵蚀了红孩儿的身体和思维。

　　"母亲大人……你……这是……"身体不听使唤，朦胧着双眼的

　　白雾越来越浓，连近在咫尺的罗刹女的温柔面容也看不清晰了，只有任由那特别的馨香，带着自己的灵魂，遨游在纯净的无底黑暗中。

　　罗刹女抛下手中散出淡淡青烟的迷香，拥着失去了意识的红孩儿，坐倒在青砖冰冷的地上。无限慈爱的眼神注视着的，是怀中沉睡了的红孩儿的脸。

　　"睡吧，我的孩子。等你醒来，一切都会结束的。"

　　门，再次打开了。

　　无声无息，像是被一股看不到的力量操纵着。

　　门外，站着一个小小的身影。

　　这就是，令所有妖魔闻风丧胆的斗神太子吗？

　　一个如此可爱的孩子。

未长大的身躯，白瓷一样细腻光滑的皮肤，泛着粉色的面颊，稚嫩却充满英气神色。这一切，都与小时的你很像呢，红孩儿，我的孩子。

惟一的不同，只有那双剔透的眸子，金黄色，太阳的光凝炼而成的颜色。

可是，为什么这本该灼痛所有人双眼的眸子中，却只存在着一抹寂寥的虚无。

"你就是斗神太子吗？"非常温和地问着，罗刹女露出恬淡的微笑，仿佛眼前的不是什么伟大的天界神明，而不过是个迷路哭泣着的孩子。

"是。"金黄色的目光凝视着面前这个被称为"妖魔"的女人。

"斗神太子不是名字吧？你的名字呢？"水色眸子中的笑容，是

能让心感到温暖和舒爽的，恰如春日里飘洒的细雨。

"哪吒。"纤细的童声回答道。

"很好的名字啊！"罗刹女看向哪吒的目光蕴满爱怜，她的手，极轻极柔地捧起怀中儿子英俊的脸，幸福地笑了，"这是我的孩子哦，他叫红孩儿，是我最心爱的孩子啊！"

"爱……"哪吒小小的脸上首次细微地闪过一丝异样。

"所以，我惟一的希望，就是他能够幸福。"仿佛又回到了从前，罗刹女俯下身去，在早已不再是婴孩的红孩儿的额上，印下饱噙疼爱的轻吻。

抬起头，看着面前走近的小孩，那个被称为"斗神太子"的孩子，脸上写满了惊愕，甚至还有，羡慕……

　　你也想要这样的吻吗？难道，没有人告诉过你，你是他"最心爱的孩子"吗？

　　"你真的是妖魔吗？"童声还是那样的淡漠，但那金色眸子里闪烁不定的光泽，却泄露了哪吒心中的迷惑。

　　"是啊，你看，我的耳朵是尖的呢。这是妖魔的标记啊！"罗刹女用纤美的手指抚弄着自己的尖耳，轻笑着回答了哪吒的问题。

　　"我是来封印妖魔的。"语气坚决，哪吒的身上斗气在缓缓地上升，"牛魔王已经被我封印了。"

　　"我知道啊！"罗刹女优雅地挽了挽稍见凌乱的发髻，清澈的眸子流露出询问的目光，"但是，可不可以告诉我，封印了我之后，这个世界，会怎样呢？是不是就会变得祥和，是不是，就能够出现一片人与妖可以和平共存的乐土？"

　　"我，不知道。"长久的沉默，哪吒也找不出罗刹女想要知道的答案——尽管，这个答案也是他自己想要得到回答的。

　　哪吒，就算被尊为伟大的斗神太子，也不过还是个不会撒谎的天真的孩子吧。

　　"是吗？"失望的色彩，瞬间在水色的温柔眸子中浮现，但很快的，笑容又重新在她婉丽的面容上绽现，"不过，我相信会有那样的世界的，而我最心爱的孩子，也会在那样的世界中，获得幸福……"

　　"幸福？"哪吒轻声喃喃道。

　　神很少会用这样的词吗？罗刹女心里想着，因为哪吒的脸上，又显露出了迷惑不解的神色。

　　莲步轻移，罗刹女走近哪吒的面前。

近处看，哪吒的身形还真是瘦弱呢，在这小小的身躯里，真的蕴藏着能够操纵妖魔生死，甚至连牛魔王也可以封印的力量吗？

天地间惟一被赋予生杀大权的人——斗神太子。

但是他的眼神，很寂寞啊，就像个没人要的小孩。

弯下腰，用手轻轻环抱住哪吒的身体，罗刹女非常自然地在那可爱的面颊上印下了慈爱的祝福："你是一个好孩子呢，哪吒，所以，我也希望你会获得幸福。"

罗刹女直起身来，翩然走到房间的中央。

"我已经准备好，你可以开始了，哪吒。"

看着罗刹女宁静安详的瞳仁，哪吒忽然感到一种前所未有的动摇。

她真的是妖魔吗？为什么她会有那么温暖的笑容，天界任何一个

神都无法与之相比的笑容。这样的微笑，这样的拥抱，在记忆最深处，仿佛似曾相识，就好像……好像，妈妈的感觉……

"不要犹豫啊！哪吒，因为，这正是我希望的。"温柔地鼓励着，罗刹女的眼波中是无比的坚定。

"对，我不会犹豫的。父亲说过，妖魔，是祸害天界与人界安宁的敌人，都是应该封印的邪恶。"努力挥去心中的纷乱和迷惑，哪吒双手合抱在胸前。

空气产生了异样的波纹，是咒文，在震动着房间里的气流。哪吒的身体渐渐被金黄色的辉光环绕，这暖色的光芒里，溢出寒流一样冰冷的力量，包裹住了罗刹女柔弱的身躯。

随着咒文吟诵，罗刹女的身躯在变冷、僵硬，最终——石化。一

寸寸的，从脚踝开始，石质的纹理在躯体上无情地攀延，带着锥心刺骨的极寒。脚下的大地隆起粗大的石柱，与石化了的身体慢慢地融合于一体。

这就是土缚咒吧，封印妖魔最有效的咒文。

最后看一眼静静躺在地上的红孩儿，罗刹女的眸子里闪过仅剩的一丝温暖：

"我的孩子，你也会被这同样的咒文封印吧。但，那绝不是永远……因为，在我生命的最终，才可以使用的绝对的力量，会为你换回重生的机会。这，就是……我的……希望……"

希望，你拥有可以获得幸福的机会。

在五百年后。

"我的孩子，红孩儿！在这个世界里，用你的眼，你的手，去抓

紧你的幸福……我无法给你的幸福……所以，醒来吧！！从这五百年冰冷的咒缚中，醒来啊……"

"母亲大人！"猛地睁开眼，刺入白亮的五百年未曾见过的强光。

"呵呵。一睁开眼就想到母亲，红孩儿，你还真是孝顺的好儿子呢！"妖媚的语调传入红孩儿的耳中，这种会令心理产生极度反感的声音，只可能从一个人的喉腔中发出。

"玉面公主？！"切齿的恨声，红孩儿盯着眼前那女人的绝艳脸庞，露出的厌恶眼神，就像在看着一只卑贱的蟑螂。

"其实你也可以叫我'母亲大人'的，毕竟，你也是我丈夫的孩子呢。"将手伸向红孩儿的脸，玉面公主的笑语像渗着毒液的蛇芯一样腻滑。

　　用力挥开玉面公主的手，红孩儿冷冷地站起身来。身边这个妖艳的女人，他连看一眼都忍不住想吐。

　　揉着被触痛的手指，玉面公主唇上的笑容变得僵硬，恶毒的光在那双魅惑的眸子里闪烁不定："王子殿下可真是薄情寡义呢，为你解除咒缚，把你从黑暗中唤醒的人可是我哦。"

　　"什么？是你解开了我的封印？"红孩儿吃惊地瞪着玉面公主，英俊的脸上充满疑惑和不信。

　　"是啊！碰巧，我拥有解开封印的'方法'了哦。"玉面公主得意地笑着，掩住唇的指尖是血色的猩红。

　　"方法吗？既然能够解开我的封印，那么，也就是说，这个女人也可以解开母亲大人的封印才对啊！"红孩儿心中暗想，但这样的想法他并未付诸言语。

　　"呵呵……"仿佛看穿了红孩儿的想法，玉面公主的笑声再次响起，"你猜得没错呢，我是可以为罗刹女解除封印，把你的母亲大人还给你哦。"

　　红孩儿没有答话，水蓝色的眸子里透出绝对的不信任。他太了解这个心如蛇蝎的女人，玉面公主绝不会无缘无故地发此善心的。更何况，早在五百年前，玉面公主就已经处心积虑地想要将罗刹女除掉，成为牛魔王的正室。

　　"王子殿下的疑心病还真重呢，呵呵，你放心吧，我不会伤害你的母亲大人的。罗刹女在我眼里不过是颗不足轻重的草芥罢了。"玉面公主不屑地眯起双眼，高昂的脸部刻下灰暗的阴影。

　　"你！"听到这样侮蔑母亲的话，红孩儿体内的热血随着怒火直冲天灵，但他却拼命地压制着，沉默不语。他在等，等玉面公主把话继续说下去，因为他知道，玉面公主要说的话，决不止于此。

"不过像王子殿下这么高傲的人，大概是不屑于接受我的恩惠呢。所以，在为罗刹女解除封印之前，就请王子殿下为我先做一件事吧。"

"果然！"红孩儿的想法立刻被证实了，玉面公主竟会善心大发地为自己解除封印，确实是别有用意的。

"你想要我做什么？"红孩儿面无表情的问道。

"我要你帮我解开牛魔王——也就是你父王的封印哦！"玉面公主终于说出了最重要的话。

"什么？"红孩儿大吃一惊，"你要解除父亲大人的封印！"

对于牛魔王，红孩儿并没有太多的感觉。高高在上，连见面也从未对自己多说一句话的那个人，只是一个被称作"父亲"的存在而已。

但是，五百年前吠登城里的肉林血池、尸积如山的景象，却深深烙印在红孩儿的脑中。

牛魔王复活的话，这个世界，又将坠入恐怖的血腥涡流之中了吧。

"我当然想要唤醒他啊，因为，他是我深深爱着的人呢！"玉面公主一脸陶醉的狂热，"这只是我的一个小小心愿而已啊！红孩儿，你一定会为我完成的吧？为了你的……母亲大人。"

"卑鄙的母狐狸！！"被这样的要挟，红孩儿心中暗骂着，强忍着将那张媚艳的脸一拳打扁的冲动："你要我怎么做？"

"你知道，要解除那种天界最强的符咒，没有特殊的力量是不行的，所以，我要用到那种力量——融合科学与妖力所产生的巨大力量。"玉面公主撩拨着额前的发丝，轻描淡写地说道。

"你想用禁断的污咒？"之所以惊诧，因为红孩儿非常了解禁忌力量的可怕之处，运用那种力量所引致的负面波动，不仅是人界、妖界，甚至天界也会受到影响而出现难以预料的异变。

"啊哈哈哈哈……"玉面公主大笑起来，四散的声音撞击着周围黑暗阴森的墙壁，"这个世界变成地狱又有什么关系？我所关心的，只是我想要的东西啊！红孩儿，你听懂了吗？"

严重的后果，让红孩儿一时间也无法作出自己的选择。思虑的沉默，充斥在阴寒的房间里，连空气也产生了重压。

看着红孩儿紧绷着的侧脸，玉面公主的唇际，显露着不易觉察的诡笑。那是确信猎物一定逃不出自己掌心时才会有的笑容。

良久，红孩儿终于开口了："母亲大人，现在在什么地方？"

"红孩儿，你还真是可爱啊！果然是时刻惦记着自己母亲的好孩子呢。呵呵呵呵……"玉面公主放纵地娇笑着，将红孩儿领到一个房间的门口。

"这是……"红孩儿立刻认出了这两扇熟悉的门扉——那镂花、那门槛，绝不会错的！这扇门后，正是五百年前自己时常出入的，罗刹女的房间。

"吱——！"玉面公主用一根指尖将门轻轻推开了一条缝隙，随即用衣袖掩住了面部，对于门内涌出的湿腐之气皱起不快的眉头。

红孩儿并不理会玉面公主的矫揉造作，他用强而有力的双手，将两扇门完全推开，光，一下子闯进了这个沉沦于黑暗中五百年的空间里。迈过门槛，红孩儿重新踏入这个对他而言熟悉且亲切的地方。

在这里，他，随即看到了他要见的"人"：母亲大人。

无言。

抬头仰望着，悲伤的水蓝眼眸里，是蛛网一般相互纠缠着的缚灵索和咒符，以及房间中央的巨柱上，被封印而石化的罗刹女。她的下半身已经完全融入了石柱，只有上半身保持着微微前倾的姿态。那张美丽娴静面容上，温柔的微笑已经不再了，只留下没有任何生命暖意的青石雕像。

不管时间的流逝，只是默默静立在罗刹女的石像前，凝视着那双不会再流露出慈爱的空洞眼眶，红孩儿眼中的无限哀伤，渐渐化成不悔的决绝和坚毅。

母亲大人，我一定要把你从这个可恶的咒缚中解救出来，为了达到这个目的，就算把这个世界拖入地狱，我也会在所不惜。

"我帮你完成禁断的污咒，你真的会解除母亲大人的封印吗？"神色凝重地确认着，红孩儿并没有回头，但是他知道，玉面公主一定在门外冷眼监视着他的一举一动。

"当然啊！"身后果然响起了玉面公主那种滑腻得令人作呕的媚声。

"好！"红孩儿毅然转过身来，逼视着玉面公主的双眼，"我一定会帮你达成愿望，但是，你最好也记住你答应过的话。"

暗红的衣襟扬起一阵冷风，红孩儿带着淡漠和厌恶的神色从玉面公主的身边走过，消失在走廊的另一头。

看着红孩儿离去的背影，玉面公主脸上的笑容散出更多妖媚的毒气："罗刹女，你可爱的儿子，已经是我手中的玩偶了哦，你就在这里，看着我怎样把他玩弄于股掌之上吧！啊哈哈哈哈……"

恶毒的笑声中，玉面公主重新关起了那两扇门扉。房间，在短暂的光明之后，再次陷入了浓稠的黑暗。

庭院。

吠登城上空的层层黑云早就在五百年前的激战中，消失殆尽了，也许是作为补偿，没有了云层遮掩的阳光，格外炙烈，热力的光芒直接烘烤在黄褐的土地上，蒸腾起近似于薄雾的泥土气息。

阳光下的吠登城，再也没有了昔日的隐晦和恐怖。

就在这样的光与热中，红孩儿慢慢地走着，四周的一切是那样的熟悉，又是那样的陌生，只有足底散着热度的大地，能给他确实的存在感。

在明亮的光中，红孩儿还是很习惯地微微眯起双眼，是在黑暗中

待得太久了吧？将手遮在眼前,红孩儿仿佛又看到了那个符咒中的封印世界——无论怎么奔跑也没有尽头的虚无,无论怎么寻找也看不到光亮的黑暗,在什么也不存在的囚笼中,永远也无法逃脱的灵魂,连孤独的呻吟也被无情地剥夺。

"母亲大人，留在那样的世界里，您现在一定很痛苦吧。对不起，但是请您再忍耐一会，我一定会您救出来的！！无论要我付出怎样的代价！！"红孩儿紧紧握住的拳中，正是他那坚定不移的执念。

"一定！一定……"

"喂！你是谁啊？"非常粗鲁的问话打断了红孩儿的思绪，但那声音却是与粗鲁无缘的极可爱的童声。

红孩儿回过神来，发现眼前不知何时多了个叉腰而立的小女孩。

女孩的肤色偏黑，像是饱吸了太阳的火热和活力似的，不高的身子非常矫健，可爱的圆脸上，一双蓝色的大眼睛骨碌碌地转着，格外的灵动俏皮。更重要的是，她的左脸上，明显地露出了三道深红色的印记，这样的形状，红孩儿是再熟悉不过的了，因为在他的左侧脸颊上，也有着同样的妖纹。而且他还发现，那女孩的发色也是与自己相同的禁忌的鲜红。

"喂！随便闯到别人家里来又不说话的家伙，就让我李厘大人来好好教训教训你吧！"似乎对红孩儿只是盯着自己审视，而不回答问题的态度感到不满，小女孩立刻摆出了作战的姿势。不过从她兴奋的眼神和向上翘起的嘴角看来，单纯想要打架才是真正的理由。

"你说你叫李……"红孩儿好像想起了什么，正要询问时，却不得不对迎面挟着劲风的强直拳作出反应了。

将速度与力量兼备的拳头一一拨开，红孩儿向后退了半步，想要出声停止这场无意义的争斗，但小女孩随后横扫而来的右腿，没给他这样的机会。

红孩儿只好无奈地接住女孩的脚踝，然后将那小小的身躯扔了出去。但那女孩如狸猫一般在空中干净利落地翻转身子，在落地的一瞬，用脚在坚实的地上一点，又像离弦的箭似的，冲至红孩儿的面前。

"哼！"红孩儿有些不快地皱了皱眉，闪过那些有力的拳影，然后从抓住极细小的空隙，给了面前这好战的小女孩一个并不算重的回礼。

被红孩儿的拳结结实实地击中腹部，女孩在力的推移下，弹出了数米远的距离。

　　"哎呀！好痛！！"虽然揉着腹部说着这样的抱怨，但是女孩却冲着红孩儿扮了个鬼脸，蓝色的眸子中，兴奋的程度一点也没有降低。"你很厉害啊！我们再来玩吧！"

　　不过，好像这样的愿望已经不能达成了。

　　"李厘大人！请您住手啊！！"带着哀求的声调，一个侍女神色慌张地跑到女孩的身边，拉住了她的手臂。然后她又转过脸来，惶恐地看着红孩儿："王子殿下，属下还没来得及告诉李厘大人您的身份，请您原谅。"

　　"不，没什么关系。"看着惊慌失措的侍女，红孩儿摇了摇头，安慰道。

　　"咦……"发出如此表示惊讶的声音，李厘跳到红孩儿的面前，仰起好奇的脸蛋，一双活泼的蓝色眸子不停地转动着，上下左右地打量

着红孩儿。

　　"李厘大人。"侍女无力地呆立在一旁，哭丧着脸。

　　其实并不喜欢被这样"参观"的感觉，但红孩儿却发现自己很难对这目光的拥有者生气。这个顽皮的小女孩身上，散发出不可思议的快乐的感染力。

　　"啊！"红孩儿忽然不自觉地轻呼了一声，原来是李厘绕到了他的身后，觉得光是观察还不过瘾，索性扯了扯红孩儿的长发。

　　"你！"

　　红孩儿板起面孔，想要教训一下这胆敢"冒犯"自己的小女孩，但是李厘已一跃而起，快乐地爬上了他的肩头。

　　"哥哥！你好厉害啊！！以后也陪我玩好不好？"李厘亲热地搂

住红孩儿的脖子，开心地欢呼道。

哥哥吗？

是的，她叫作李厘吧？那么我没记错的话，她就是那个卑鄙的女人和父亲大人所生的孩子，也就是我的妹妹。五百年前还是一个不会走路的幼儿，我也只是见过一次而已。她的身上，流着那个无耻低贱的女人的血啊！可是……

红孩儿侧过头去，正好迎上李厘那张纯真的笑脸。她带着十分陶醉的神态，眯起双眼，极舒服地趴在自己的肩上。

我无法讨厌她啊！就算明知道她是那个女人的孩子，我还是想听她叫我哥哥……

"哥哥！"像是在回应红孩儿的心声，李厘忽然睁开了眼睛，笑着叫道，"你一定要经常陪我玩哦！不然我就不承认你是哥哥哦！"

所谓的玩，指的就是刚才那种暴力的打斗吧，红孩儿在心里苦笑着喃喃道。

"还有，我可以经常爬到哥哥的肩上吗？好舒服啊！！"李厘的要求果然都是比较奇怪。

"不行！"本打算郑重地否定妹妹的提议，然而红孩儿张开的嘴里，却没有如愿地吐出一个拒绝的字眼。

李厘已经从红孩儿的肩上跳了下来，站在他的面前。认真而又单纯的蓝色目光，带着企盼静静地注视着红孩儿的水蓝色眸子。

"随……随你的便吧。"脸上明显写出"被你打败了"的字样，红孩儿无可奈何地应允道。

"耶！太棒了！我有可以陪我玩的哥哥喽！哥哥……"李厘在耀

眼的阳光下挥舞着双手大声喊着，尽情宣泄着心中的快乐。

　　看着李厘逐渐跑远的身影，红孩儿的心中泛起温暖的浅浅涟漪：

"母亲大人，我想要守护这份阳光般的快乐啊！"

　　"可是，我可以……守护得住这份阳光般的快乐吗？"

　　炎阳中，阴影依旧可怕地存在……

# 星辰的微笑

■ 出处:《最游记》
■ 原著：峰仓和也

■ 文: PAN

一

　　三藏是一个弃儿。所谓弃儿就是标准的没爹没妈姥姥不疼舅舅不爱的可怜孩子，但是三藏从来没有觉得自己可怜过。当然弃儿也分三六九等的，最悲惨的一种莫过于一弃到底没人养活只能靠自己摸爬滚打混日子的，稍微好一点的是扔在孤儿院里吃大锅饭当然伙食标准处于最低生活线边缘的，最好的就是遇着宿主正正式式被人家收养衣食无忧的。三藏显然属于最后一种，最后一种里的异类。

　　三藏原来不叫三藏的，叫什么他自己也忘了，反正是一个他不喜欢的名字所以他弃之不用了，弃之不用的过程颇为有趣。他闯到收养他的那个人的办公室里去，为了摆平身高差异还特地爬到人家办公桌上，瞪着眼睛看着对方然后告诉他我要改名字。那个人居然敢收养三藏这样的孩子当然也是个狠角儿，所以平静地微微笑着看着桌子上的孩子问他要改什么名字。那个孩子说的当然就是三藏这个名字，然后看着那个人的脸色变了一变听着他问自己你知道三藏是什么样的名字么不是所有人都叫得起的。孩子面无表情——他从来都面无表情，然后一抬手打碎了那个人背后的大镜子，玻璃碎了一地。那个人没有回头看，他的眼睛盯着的是他的面前孩子的身后那个漂亮的耶稣基督像，大大的十字架中间是显然后天造成的边缘整齐的弹孔。孩子低着头把玩手里的凶器，然后突然抬起眼睛看着他问你说我叫不叫得起呢。那个人居然又笑了，大笑，然后他说："三藏，很漂亮的枪法。"三藏满意地点头，从桌上跳下来大摇大摆地走了，脚步稳定得不像那个年龄的孩子。

　　三藏住的地方有很多人，一起被收养的孩子也有好几个，然而他几乎不和同龄人在一起的，事实上他几乎不和任何人在一起。但是凡事总会有一个例外，对于三藏来说，例外的名字叫做八戒。八戒也是个弃儿，弃儿里的第二种，但是很快就转变成了第一种，同样也是异类。八戒原来也不叫八戒的，叫什么他也记不太清了，反正三藏不喜欢那个名字所以叫他改了。三藏和八戒是怎么认识的呢？其实很简单，让八戒转变成第一种弃儿的人同时也收养着三藏；那么三藏为什么会和八戒在一起呢？其实也很简单，因为三藏看他第一眼就觉得他和别人不太一样——异类和异类比较容易产生共鸣。

　　八戒不属于表情丰富的孩子，但是如果和三藏比起来那么显然那个"不"字就要去掉，因为他很喜欢微笑，偶尔也会掉眼泪。三藏不理解八戒干吗要有那么多表情，也懒得去理解，八戒当然从来没要求他理解。于是面无表情的三藏和表情丰富的八戒一起长大，一起离开收养他们的地方，然后分别有了自己的生活。长大之后的八戒曾经一度失去了微笑和眼泪，那个时候三藏和他在一起，不知道是谁陪着谁；然后八戒找回了自己的微笑，仅仅是微笑而已，所以他总是微笑着，不知道是真心还是假意。那之后八戒离开了，离开了过去的一切，只剩下三藏一个人。一个人的三藏过得好不好我们无从知道，因为他不喜欢让别人知道，但是我们知道的是，很快的，他就不再是一个人了。

关于三藏的过去三藏的现在三藏的将来说起来不是三言两语就可以完事了，然而你确定要听吗？没有人要听的故事我就不再讲下去了，没有人，要听吗？

被别人在名字前面加一个"传说中的"，通常情况下是一件很了不起的事情，现在前面加了这个定语的有两个名字——三藏，还有八戒。本来只有三藏这一个名字的，而且由来已久，但是自从那个自己抢过这个名字的孩子出现以后，他顺手把自己身边的另一个孩子也变成了"传说中"的人物。他们成为传说中的人物的理由很简单，是用人命换来的。这当然不是他们自己决定的，但是如果你自小就被人教导如何去夺走一条生命的同时不失去自己的生命的话，不付诸实践恐怕就有点不过瘾了。显然，三藏和八戒在这一实践过程中表现的足够出色。夺取生命的学问研究得过于精深难免就会有一种后遗症——只会夺取，不会赋予，不会养育。三藏的后遗症格外严重。他们住的地方小动物是没有的，植物倒是不少，八戒喜欢养些花花草草，三藏也曾经学着他的样子来养，但是居然没有一次是养活了的。一开始八戒还会为那些漂亮植物的死亡伤心落泪，但是后来次数多了也就伤心不过来了，甚至当成了笑话——特别是当一向拽得不得了的三藏捧着一盆显然是枯死了的名曰"死不了"的植物一脸挫败感地出现在他面前的时候。

　　所以现在我们的三藏大人就犯了难，他不常犯难的——当然就算犯了也不愿意让人家知道。导致三藏犯难的是面前的这个有着金黄色眼睛的小动物一样的男孩子，那孩子的眼睛亮得很，目不转睛地看着三藏，那样的目光里有一种特别纯净的感觉。就在刚才，孩子是被关着的，关在笼子里，手铐脚镣之类的东西倒是齐全。三藏不明白这个孩子为什么要被关起来，他只知道那样纯净的目光应该是属于自由的，所以他毫不犹豫地用枪击碎了加诸在孩子身上的所有束缚。他看

到那个孩子眼中的惊喜了，他突然有了一种满足感。然后在他准备转身离去的时候，被牢牢地抓住了衣服不肯松手。

　　三藏觉得这个孩子是想要跟自己一起走，要是在以前他一定会觉得这是一种负担，但是现在他没有这么想，因为现在他是一个人，本来该和他在一起的那个人消失了，无影无踪。于是他向那个孩子伸出手，然后突然想起一个问题——一个连花花草草都养不活的人要如何养活另一个大活人呢？然而那个孩子的手快得很，在他还来不及犹豫的时候就紧紧抓住他伸过来的手，冲着他笑，天真而纯粹的笑。三藏皱着眉，一副不太愿意的样子，然而最终他还是说："没办法，我带你走吧！"孩子的眼睛又亮了起来，然后他跟三藏说了第一句话——现在我们都知道那句话一定是"我饿了"，但是那个时候三藏不知道，

所以他显得很吃惊，他没想到这孩子居然这么不客气，他刚觉得自己可能是捡了一个大麻烦回来。

我刚才说了在拿人命换钱的这条道上三藏和八戒属于"传说中的"这一上档次等级的人物，除了技术问题之外，还因为他们的冷静。其实八戒比三藏要冷静，因为他永远挂着微笑，不管面对什么样的情况；而三藏不同，他不会觉得紧张，但是会觉得很烦。烦的表现有很多种，三藏通常选择冷处理，也就是说，他会死命皱着眉，一根一根地抽他的 Marlboro，一般不会暴走。然而现在要我说什么呢？三藏大人的确是在暴走了，因为我看到他咬牙切齿大吼大叫几乎要把面前那个长着黄金眼的小孩子吃到肚子里去，一副大魔王的样子——啊，忘了说，那个孩子告诉过他自己的名字，悟空。

## 二

从某个角度来说，悟空也算是个很有本事的孩子，比八戒还要有本事，因为八戒从来没试过把三藏气到暴走，而悟空就有本事，气完了他自己还不知道是怎么气的——当然我个人认为单纯可爱的小孩子气完了，人多半是不知道怎么回事的。

悟空也是个弃儿，游离于三种典型之外，有人收养，但是是用笼子和铁链收养的——所以悟空也是一个异类，而且比另外那两个异类还要更"异"一些。三藏也曾经问过悟空为什么会被关起来锁起来，但是悟空只是露出一种极度茫然的表情看着他，于是三藏也就不再问了，他明白这种事情不是悟空自己可以理解的。

悟空第一次来到三藏的家的时候兴奋之情溢于言表，最直接的表示就是毫不客气地打开冰箱门拿出一大盘 Spaghetti 张嘴就要吃——他当然没有马上吃到，因为一脸黑线的三藏抢在他前面把盘子夺过来然后狠狠地赏了他一记头锤。要是一般人就应该立刻明白什么该做什么不该做自动放弃那盘 Spaghetti 了，然而悟空不是一般人，所以他一边揉着自己被敲痛的脑袋一边大声嚷嚷着，三藏一副没听见的样子好整以暇地坐在沙发上看报纸——报纸拿反了都不知道，因为满耳朵灌进的都是"三藏好小气"之类的说辞。后来悟空的目的很快就达到了，原因简单到可以用三藏大人的忍耐力数值直接说明。

三藏开始经常性地怀疑自己的判断力了，他严重地怀疑起自己当初把悟空带回来的决定的正确性，并且几乎过一段时间就会对这件事

情质疑一次，然后每一次都没有答案，每一次的质疑都被突然出现在眼前的睁得大大的金色双眼和一句"三藏，你在想什么"彻底打断。他从来不知道自己的身边可以出现存在感这么强的人物，即使是那个已经人间蒸发了的八戒也没有。三藏觉得自己的耳边似乎总在响起"三藏你在想什么？三藏你在做什么？三藏你要到那里去？"之类的问题，开始他烦得要死，但是后来也懒得烦了，因为烦不过来。一开始的时候三藏出去办事都会把悟空留在家里，每一次回来都会看到客厅里的灯亮着，一个瘦小的身躯窝在沙发里，多半是处于半睡半醒的状态，还在轻轻地念，"三藏好慢哦，怎么还没回来！"这样的场景不知道为什么让三藏感觉很不舒服，于是几次之后他就不再留悟空一人在家。

无论什么样的日子过久了都会习惯，于是在一段经常暴走的日子过后三藏也就慢慢习惯了。三藏有的时候会不由自主地拿现在这个吵吵闹闹的悟空和以前那个看起来很礼貌很温柔总是微微笑着的八戒去比较，比较的结果是这两个人太不一样了，三藏有点不明白自己是怎么习惯分别和这两个截然不同的人在一起的。他记得八戒也经常来自己的家，当然八戒一向没有直奔冰箱和食品柜而去的习惯，他的目标一般来说是书架。有的时候八戒可以捧着一本书安安静静地坐在沙发上看一整天，很少说一句话；有的时候他也会拉着三藏一起收拾屋子，偶尔拿向来不会整理房间的三藏开一开玩笑。三藏觉得自己那个时候很喜欢和八戒在一起，即便只是抽着烟看着他静静看书的样子，也会感到很安心——八戒一直都是个很让人安心的存在，这是三藏从很小的时候起就得出的结论。

　　然而现在在三藏身边的是那个叫悟空的孩子，是一个和八戒很不一样的人。悟空不喜欢老老实实待在家里，所以隔三差五就要拉着三藏一起出去玩。三藏当然是很不会"玩"的，他有点不明白为什么一些在他看来很白痴的东西可以让悟空那么兴高采烈。最让三藏的情绪逼近暴走边缘的事情就是悟空对外面的那些小猫小狗小兔子的执著，他当然不能说出暴走的起因是那些活蹦乱跳的小生命让自己想起当初自己养花花草草时的挫败感，于是他狠狠敲悟空的脑袋大叫我养一只猴子就够烦了你还让我养这些小猫小狗小兔子？！悟空始终不明白三藏是在哪里养了猴子，于是认真而兴奋地睁大了眼睛去问，结果当然是免不了又一记重锤。

# 三

除了悟空之外，还有一件物事是三藏一直带在身边的，它跟随三藏的时间甚至比悟空和八戒都要长得多，这件物事当然也是"传说中的"——传说中的"升灵枪"。八戒曾经很直白地告诉过三藏自己不喜欢他这把枪，"因为它太冷"。对于这样的评价三藏只是冷哼一声说一句你有资格说这种话给我听么，然后八戒就笑起来，笑得有点苦涩。

三藏记得八戒是从来不随身携带任何凶器的，他杀人的方法简单而且直接，用的是他那双被很多人夸赞过的漂亮的手。三藏有的时候会想直接用十指穿透别人的心脏是不是会有一种不一样的快感，但是他从来都没有试一试的念头，他极其讨厌没有必要的身体接触，

更讨厌让自己的手上沾染上别人的血液，所以宁可选择远距离解决问题。

八戒走了之后三藏就没再用升灵枪杀过人，只是有的时候他会看着它出神，想很多以前的事情，比如像现在这样，但是思绪很快就被某个宠物一样形影不离的孩子打断了。悟空对于这个当初把自己从牢笼和镣铐里解救出来的功臣的兴趣仅次于食物和小动物，然而一把枪而且是"传说中的"枪显然比食物和小动物都要危险得多，所以每一次小"爪子"好奇地伸向那把枪的时候换来的都是三藏大人更加恐怖的暴走。

三藏有的时候气急了会想TMD该死的小猴子拿着什么都玩哪天不小心把自己弄伤了就彻底不好玩了，但是总是忽视了配合这样想法

的时候自己的目光里透出的是些许的担心。连三藏自己都没发觉的担心悟空自然是更看不出来的，他只知道三藏又在暴走了，于是有点委屈地逃回自己的房间不出来。然而三藏毕竟是三藏，饲主毕竟是饲主，对于委屈着闹别扭的悟空只说了一句"我去逛夜市了"，甚至连"你要不要去"都不用问一句就在极短的时间内让他雀跃着出现在自己身边。

夜市当然不是白逛的，所以在悟空对着摊位上的小吃流口水的时候三藏的注意力却落在旁边一桌人谈论的话题上——关于某个酒吧里一个有着红色长发的据说很美形的风流酒保和他一直在打听的另一个人的话题。三藏不是个八卦的人，当然不是，所以他对别人的美形也好风流也好是从来没有兴趣的。但是关于那个酒保一直在打听的人的描述让三藏皱起了眉——绿眼睛的，非常漂亮的男人，据说

很会喝酒——三藏觉得这样的一个人对于他来说再熟悉不过了，然而他本来以为那个人已经消失得彻彻底底了。

三藏觉得再次见到的八戒比以前并没有什么变化，还是一样的表情丰富，还是一样地笑得让他很没辙，还是一样地嘴巴不饶人。但是当他提起那个被别人叫做悟净的男人的时候八戒的反应又让他觉得他还是变了。三藏记得八戒以前也有过很在意的人，只是他以为在那个人死了之后八戒就不会再在意任何人了。这是悟空第一次见到三藏的朋友，他觉得很好奇，因为以前他从来没有考虑过三藏的人际关系问题。不过悟空倒是和八戒很合得来，他喜欢总是微笑着的很温柔的八戒，但是我们知道温柔是一回事，如果非要悟空离开三藏去和八戒一起住他大概又会很不愿意了。

　　三藏突然很想见见现在和八戒在一起的那个人，他自己也不知道为什么，也许只是有点好奇吧。见了悟净之后的感觉三藏也说不清，只是他似乎很不喜欢这个在市井间同样是"传说中的"美形又风流的酒保。在悟净身上，三藏嗅到了一种久违了的危险的气味，三藏记得他跟八戒说过向来讨厌不明底细又不容易看透的人，更何况这个该死的红毛色蟑螂居然刚一见面就对自己抽的Marlboro评头论足。

# 四

　　悟空还是个小孩子，小孩子的特点之一就是——好奇。所以悟空也理所当然地具有这一特点并且格外突出。三藏不是个喜欢收拣的人，三藏家的东西也实在不多，然而goku就是喜欢极了在三藏的家

里翻翻找找，发现了什么东西都要兴奋好一阵子。一开始三藏觉得这一点很要命，因为悟空总会突然拿出一件在他看来已经五百年没碰过的东西眨着大眼睛问："三藏，这个是什么东西？哪里来的啊？"后来被问的多了也就无奈了，随他去，自己负责解答就是了，就当练练记忆力。

　　然而某一天三藏正安安稳稳地坐在客厅里看他的报纸抽他的Marlboro的时候突然听到一声大叫，接着是一大堆东西跌落的声音，然后又是一声大叫"痛！"等到三藏几乎是用冲得跑到书房门口的时候，看到的就是悟空满脸都是灰尘的坐在一堆书里，手里抓着一个包装精细但显然是许久没有人碰过的落满了灰的瓶子，兴奋地扬起脸朝着他笑的样子。"三藏，看，我在你的书柜顶上发现了这个哎，里面

是什么东西？好漂亮啊！"三藏大人当时的脸色很容易就可以想象得出，然而当他把目光再次落在那瓶子里装的东西上的时候，很意外地失了一下神。

三藏当然记得那里面的东西——形状各异的，都是贝壳。他还记得那个时候他和八戒趁着手头的任务完成的空闲跑到附近的海边去玩，那次是八戒拉他去的，他们在海滩上拣了很多贝壳。三藏不知道八戒为什么要拣，也想不出拣贝壳究竟有什么乐趣，但是那一天的八戒看起来格外的开心，所以他也就任自己被他拖着一起去拾起散落在沙滩上的细细碎碎——那一次，是他们那段日子里惟一放松的机会。

三藏没想到自己还会到这个海边来，带着悟空一起，然后还有八戒和那个现在和他在一起的悟净。八戒带着些调侃的语气问三藏怎么突然想起要来海边的时候他很想回答说自己是被悟空缠得要死没办法

才肯的，然而最终没有，因为他实在是只听悟空说了一句"我从来没见过海"看见他金色眼睛里闪着的神往就几乎不走脑子地答应了下来，干脆得让他自己都怀疑——而三藏是个难得的不会说谎的人。

也许海边确实是个有点神奇的地方，会让人的心情轻而易举地变得开朗许多。八戒似乎是有些怀念上一次来这里的感觉，三藏走过去坐到他身边的时候才突然发现，这样的感觉和那一次实在是很不一样的。看着在沙滩上跑来跑去很兴奋的样子，三藏得出一个简单的结论——果然还是该多带他出来玩的，这样的想法让三藏自己都有点吃惊。

一天下来悟空抓了不少小螃蟹,兴高采烈地要八戒再找一个精致漂亮的瓶子把它们装起来放到三藏的书房里,这样诡异的要求让三藏

有了深深的乏力感,然后很快这种乏力感就又加深了一层——因为八戒同样是很诚实地告诉悟空这种小东西虽然可以养但是绝大多数的情况是用来吃的,悟空的反应不用我说大家也可以想象得出。

从海边回到家里的时候已经很晚了,悟空持续了一整天的兴奋也终于归于了疲倦,所以等三藏把又一瓶贝壳放回书房之后出来的时候,看到的就是那个小动物一样的孩子蜷在沙发上睡得安稳的表情。三藏走过去轻轻拍他的脸想叫他起来到床上去睡,但是那个睡梦中的孩子突然笑了起来,似乎在做一个很快乐的梦。

三藏不知道自己什么时候开始体贴到了为了不吵醒悟空而特意从房间抱过被子来给他盖,然后在他刚刚盖好的时候听到悟空轻轻地在叫"三藏"。手不由得抖了一下,低头看着那孩子红扑扑的脸上漾起的挺幸福的微笑,三藏不知道这个闹心的小鬼原来还有这么惹人疼的

一面,然后就在他几乎也要微微牵起嘴角的时候耳边又响起迷迷糊糊的睡梦中的声音:"螃蟹好好吃哦!"——温馨的时刻总是转瞬即逝,然而责任显然不在只负责讲故事的我。

## 五

三藏向来是个很现实的人,他所知道的是悟空现在在他的身边,笑着,闹着,从来没有去想过如果有一天那孩子不在了会怎么样——就好像当初他从来没有想过如果有一天八戒不在了会怎么样。结果是后来八戒在他出去一下的时间之内人间蒸发了,结果是一天早上刚买了食物回来的三藏发现悟空从家里消失了。

焦躁的感觉是没来由的，三藏记得自己只是离开了一段并不长的时间，那个时候悟空还蜷在床上睡得像只小猫，也许还在梦里想着吃他的小螃蟹。但是现在人确实是不在了，没打一声招呼的，三藏记得认识悟空以来从没有过这种情况发生。

书房的地毯上晶晶亮亮地碎着几片贝壳，旁边扔着一只折得并不高明的纸飞机，三藏打开看的时候发现那是自己出门之前留的字条，上面清清楚楚写着我要出去买点东西你老老实实在家等我回来。不好的预感，三藏觉得自己已经很久没有过这种感觉了，即使是三年前也没有过这么强烈的。

三藏不喜欢去悟净的家，他实在不太喜欢这个所谓美形所谓风流的危险的人物，但是这一次他没办法，因为他觉得在这种情况下自己需要八戒。敲门的时候一如所料的毫无反应，三藏简直对屋子里那二

位的反应速度彻底失去耐性了，即使他知道有些时候他们是故意的。不习惯等待的结果是一枪解决了新换上不久的门锁，然后就发现悟净在用嘴唇谋杀八戒肺部的空气。打扰这样的场景其实是很不礼貌的，然而三藏本来也不是什么礼貌的人，更何况他现在心烦得要命恨不得崩几个人让自己心情痛快一点。

然而有些时候有些问题是八戒也没办法解决的，比如这一次的失踪事件。三藏听着八戒颤抖的声音不确定地吐出那个女人的名字，他皱眉，他以前一直很不喜欢那女人，没来由的。这样的答案当然是要被否定的，因为三年前八戒的前妻就已经去地狱报到了，单程车票是"那个人"准备好让八戒亲手送上的，三藏协同。而且三藏清楚地记得那女人踩死个蚂蚁都要心疼杀只鸡都不敢的，他实在不认为她有什

么能力可以把当初危险到要被人用笼子关用链子锁的悟空那么轻易地带走。

　　门铃响起来的时候，三藏毫不犹豫地冲过去开门，连枪都没有拿在手上，他听到八戒提醒他小心了，但是他不管，直觉告诉他门外的人是谁，出奇的准。总算是看到那个孩子的脸了，没有血色的，血都流失了——三藏的身上，悟空靠过的门上，到处。悟空居然还可以笑，他看着眼前的三藏，笑得灿烂笑得安心。三藏说不出话来，他只是突然觉得手掌很痛，并不长的指甲刺进肉里，痛得钻心。

　　八戒帮着三藏给悟空处理完伤口就和悟净一起走了，剩我们的三藏大人一个人站在床边看着那孩子苍白的脸。从早上回来发现悟空失踪到现在不过半天的时间，但是很累，格外的累，累心。半天的时间足够固守了20多年的什么东西一点一点地崩坏，半天的时间足够让

三藏察觉到这种变化却没有多余的力气去否定。三藏知道自己在等着悟空醒过来，他嫌时间过得慢，几乎有了用枪胁迫墙上的钟走得更快一点的冲动。

　　谢天谢地悟空终于还是醒了，金色的大眼睛睁开的时候映入眼帘的还是一片金色，他伸出手去想要碰触那片金色，然后听到三藏叫痛的声音。愣了一下之后悟空笑起来："那个时候就觉得，三藏的头发好漂亮，好像太阳哦！"刚刚困得趴在床前睡过去的三藏在被疼痛惊醒的时候本来是要暴走的，但是现在他没有。太阳？他在心里重复这个名词——对，太阳。

　　悟空骤然坐起来的结果是牵动了伤口的疼痛，他又倒回床上，抽气。三藏觉得自己也很痛，被指甲刺破的掌心，或者是被掌心的痛牵

动的另一个地方。他本来想问问悟空到底发生了什么事情，但是下定决心之后的结果是先算了。走过去给悟空盖好被子，三藏还是问了一句话，然而问出之后他自己都吃惊："你饿了么？要吃东西么？"这句话足够让那个躺在床上的孩子兴奋起来："嗯！"用力地点头，稍稍恢复了一些血色的脸庞带着期盼地笑着。

　　不知道自己露出的是什么样的表情，三藏只是转过身准备去拿一早就买回来的食物。"三藏！"有些吃惊的语气。"嗯？"回过头对上那双充斥着难以置信的金色的眼睛，然而很快那双眼睛里就又堆满了兴奋，弯成新月的形状："三藏笑起来好漂亮！"

　　笑？这一次轮到三藏愣住，然后很快就释然，放任自己的嘴角向上再扬起一个弧度，笑，没错。

　　看到这个样子的三藏，八戒大概是会吃一大惊的，然而悟空没有

吃惊，对于他来说，只要知道自己喜欢看三藏的微笑就足够了；三藏也没有吃惊，因为他早就为自己找到了足够合理的答案——

　　I would smile back to you, if only you could melt my frozen heart...

# 五章　封神传说

PART 5　FENG SHEN CHUAN SHUO

# 寂寞琉璃

■ 出处:《封神演义》
■ 原著: 藤崎龙

■ 文: 樱子

　　昆仑山脉，连绵千里。

　　举目仰望，紫气弥天。壁立千仞，洪波涌起；雾霭腾腾，云蒸霞蔚；珠玑光泽，游离其间。

　　山峦古木，犹似水墨画一般，却又似有时时的变化，犹如蜃景，影影绰绰，若有若无的亭台楼阁，好像隔着一层薄薄的雾气一样，似淡而隐。崖上若有楼阁，微微隆起，隐约之中，琼楼玉宇，贝阙珠宫，在虚无飘渺中，幻化成一个五光十色、光怪陆离的迷离仙境，令人目眩神驰，心旌摇荡，惶惶不知天上人间。

　　这里是传说中仙人们聚集的地方，可是，究竟有没有仙人，谁也没有见到，毕竟这里是可望而不可及，寻常人是难以靠近此地的。然而，围绕着昆仑山却有数不清的故事流传着。

　　传言中，山上有个"琉璃宫"，"琉璃宫"中住着一位名叫"琉璃"的仙女，因犯天条，被贬于此，日夜守护着瑶溪。

　　琉璃宫，它背临瑶溪，遥望昆仑，是个依山偎水的好所在。这里青山琼楼衬于水天，大有摘云弄潮，凌空而立之势。它物如其名，整座宫殿多用水晶堆砌而成，辅以五彩琉璃作为装饰，大殿正中悬有一颗浑圆的夜明珠，日日夜夜，孜孜不倦地放射着柔柔光芒，把"琉璃宫"照的澄澈透明，玲珑剔透，在阳光下熠熠生辉。

　　松柏环绕，绿柳交织，兰草喷芳，忘忧争艳。花色正新之时，谁又会是惜花之人？灵气缭绕，幽静缥缈的"琉璃宫"会孕育着怎样的玄机？清澈见底、九曲盘旋的蜿蜒瑶溪，圆滑凝灵、形如"五色玉"的卵石，无时无刻不在受着潺潺溪流的撞击，丁冬作响，悦耳动听。四野幽深，惟有溪流声可闻，或许是它不甘冷寂，柔滑的溪水倾情冲

刷着卵石，声如呢喃细语，倾诉着这里的寂寞。

　　不知何时，一缕悠悠的琴声从山间某处释放出来，打破了山间原本的那种平衡。丝丝琴音，时而像喷珠吐玉一般，滴滴动人；时而像琼枝吐蕊一般，芳华尽现；时而像古潭涌泉一般，爽意沁怀。琴声被徐徐清风送出很远，很远，直达九霄。

　　九重之天，意境悠远。龙吟细细，凤尾森森。霞浸玉宇，鹤舞翩跹。

　　"扑"的一声，一面做工精细，晶莹明澈的水晶镜从一只纤纤玉手中滑落，顺着玉砌的雕栏，穿透层层云海，落向了昆仑，化成一片明镜般的琉璃宫殿，五彩迷离。

　　"大胆琉璃，你该当何罪！"一个满头珠翠，气度雍容的中年美

妇，斥责着身边一个白衣女子。

　　名叫"琉璃"的女子向栏下遥望，寻着水晶镜坠落的方向，此物形体已毁，幻成他物，不复存在！

　　那面水晶镜是昆仑山玉虚宫的主人——元始天尊，送给王母娘娘的寿礼，本是天地之灵物，凝结了山川日月的精华，灵性早通。它坠落之处应在蓬莱仙山才对，可它竟然落入昆仑，看来是难忘旧主，琉璃一阵惶惑不解。不过，最让她疑惑的是王母娘娘的反应，未免也忒大了些。以往也发生过多次器物损毁之事，从未见王母怪责过，可今天……

　　没有人知道王母心中在想些什么，若是往日，类似事情，王母笑笑就会过去，虽然是王母心爱的物品，但对于琉璃，王母总是异常宽容的。毕竟，琉璃是王母最喜欢的人，王母喜欢琉璃的机警聪颖，一

向都把琉璃当作亲生女儿一样，希望琉璃有好的归宿。可是，王母看到了琉璃的未来，琉璃的未来就像真正的琉璃一般，脆弱易碎，结局堪忧。奈何王母法力有限，无法算出是哪位仙人致使琉璃如此，她现在惟一能够为琉璃做的，就是找一个合适的借口，将琉璃逐出天庭。欲加之罪而被贬黜的绝情之举，看似可悲，却是王母关爱琉璃之处。

　　谁也没有想到，今日情形大异于往日，琉璃居然会获罪？王母看上去很是生气的样子，那架势分明是雷霆之怒，全然不理会琉璃伏地叩首赔罪。王母不依不饶，但却心知肚明她为什么这样做。

　　"将琉璃逐出天庭，看守瑶溪，永远不得再踏入天庭一步！"王母严令之下，已有金甲神人上前，抓住琉璃细弱的双肩，琉璃本能地挣了挣，眼望王母。那个昔日对她百般爱护的王母，那个昔日对她慈

祥温和的王母，那个昔日对她犹似生母的王母，如今竟然大为震怒地要严惩她，真是"伴君如伴虎"呢！她不解，她疑惑，但眼神中已然没了苦苦的哀求，没了请求饶恕，相反到多了几许冷静镇定。琉璃知道，王母高高在上，令出如山，任何人也无法撼动！

王母看在眼里，疼在心里。

琉璃，琉璃，我的孩子，我是爱你的，你别怪我……

王母心中的痛惜与爱怜，又有谁能知？

可王母还是硬起了十分的心肠："拉走！"

珠翠钗环悄无声息地从琉璃的发间滑落，与地面相击，发出细微的、滴溜溜的声音，琉璃的嘴角不知道什么时候噙着一丝微笑。不明就里的仙娥、童子深深为琉璃惋惜感慨，又无不震慑于王母至高无上的威严中。

一阵风席地而起，卷起层层纱帐绡幔，吹起重重迷离氤氲，遮蔽了人的视线。此刻的天庭，琉璃不在，空余散落地上的珠翠钗环，放着幽幽冷光，让人为之心寒……

哀莫大于心死，经此一事，琉璃性情似乎大变，生理上发生巨大变化。原本是一头乌云似的青丝，如今变做了银白色，雪一般的晶莹，柔顺的发丝里却又好像隐隐夹杂着漂亮的冰蓝色，闪亮灵动的光泽如同清辉流泻的星辰，飘逸轻盈的质感好似光洁柔滑的丝绸。一对眸子业已变成纯净的冰蓝色，好像晶莹剔透的紫水晶一般，干净又纯粹。柔滑的肌肤凝霜带露，近似透明，真的成了人如其名。

琉璃的思绪一点点重新凝聚回来，挣脱了往事的束缚，明净如镜的地面上有自己的倒影，这还是原来的自己吗？她竟然不能确定，惟独可以确定的是，她发誓永不踏出"琉璃宫"一步。她将自己完全封闭起来，在她眼中，除了天庭，没有地方值得她留恋。

琴音不知不觉中竟变作了"变徵"之声，音色尖锐起来，终于，"铮"的一声，琴弦断了。

伴随着弦断之声，是极其夸张的"哎哟"声，一道黑影闯入琉璃的视线，琉璃不无惊讶地注视着伏在自己脚边的那个人。

此人一身道士服，头发被道巾包着，看上去像长了两个角。因为"琉璃宫"是水晶化成，光滑无比，敢情这个道士竟是从外面滑进来的？！他那个滑稽透顶的拜山门姿势，真是惊天地，泣鬼神，前不见古人，后不见来者，以一种史无前例，遗世而独立的造型拜倒在琉璃的石榴裙边。

"师叔！太公望师叔！都叫你不要进来的，你怎么不听话？王母

有令：'琉璃宫'是仙家禁地！"一只白鹤飞进来，扑棱着翅膀大叫，目光一闪又说道，"哎呀，太公望师叔，你怎么给自己的晚辈行这么大的礼？"

太公望？这个滑稽的人叫"太公望"，我以前听说过，他是元始天尊的弟子，是昆仑山有名的混蛋道士，那只白鹤应该是"白鹤童子"了，只是他们太无礼了！琉璃默不作声。

太公望哼哼唧唧地从地上爬起，可琉璃宫实在是有够滑溜的紧，他立足未稳之际，太公望再次以一个精妙的向前翻腾七周半横趴在地上，呻吟大作，再也爬不起来。

"太公望师叔，你……脚底抹油吗？"白鹤童子脸色发青，它飞过去抓起了太公望，向琉璃说，"对不住了，琉璃仙子，我们不是有

意闯入，这就走！"

想走？有那么容易吗？一道绳索凌空而来，拴住了太公望的双脚，白鹤一惊，脚爪不由一松，可怜的太公望一个倒栽葱，与地面来了个惊世骇俗的深度之吻。

琉璃不语，静观其变……

白鹤奋力拉着那根绳索，满头大汗，而他的师叔则继续亲吻着地面，浑然忘我。"啊……啊……"白鹤体力不支，精疲力竭地坐在地上呼呼喘气，神情沮丧地望着他那不争气的，仍然亲吻着地面的太公望师叔！

青山隐隐，芳草萋萋。花红似火，绿柳如烟。兰香幽远，萱草吐绿。

清爽透明的瑶溪，明亮通透的琉璃宫，相映成趣。

好的景致，需有心人才会赏玩，可那一个远远而来的有心之人却在找寻着什么？

"果然是个好去处，好山好水必有雅士。"普贤真人由衷地赞道，可是，他此刻却没有心情玩味四周美景，"阿望、白鹤，他们两个去哪儿了？"普贤遍寻二人不着。

精光透明的"琉璃宫"近在咫尺，究竟是进，还是不进？普贤踯躅不前。

王母有令："琉璃宫"是仙家禁地！

"琉璃宫"到底有什么秘密，谁也不知，只知道里面住着一位犯了天条的"琉璃仙子"，虽然普贤很好奇，但是也不敢越雷池一步，去冒那个大不韪。

　　普贤伸着脖子往"琉璃宫"内张望，恍恍惚惚中看到三个黑影，是谁呢？里面有阿望和白鹤吗？

　　一阵泠泠的琴声从"琉璃宫"流了出来，如水流石上，如风入松林，如雁过留声，如竹滴翠影。可惜，高雅平和、幽清肃穆中隐藏了些许清越、凄清、冷漠、孤寂。在普贤看来，曲子有些不应景啊！

　　没人见过琉璃，因为她从来都没有走出过"琉璃宫"一步，如此深居不出，何也？本应灿烂炫目的"琉璃"，却是如此寂寞不堪吗？

　　五色玉铺成的小路，在明媚温暖的阳光下闪着莹莹的光，煞是喜人；水晶为主，琉璃为辅的"琉璃宫"，在和煦的清风中似在低吟轻唱：琉璃，琉璃，寂寞琉璃……

　　道路两旁散落着不少水晶、琉璃，斑斓夺目，绚丽多姿。如冰似玉，赛雪欺霜。

　　普贤伸手拣起身边的一块冰蓝色琉璃，这块琉璃有着淡蓝的光晕，和谐剔透，似要滴出水来，如同情人的眼泪凝结而成，一拨一拨地撩人心弦。普贤看着这块冰蓝色的琉璃，托着琉璃的那只手上笼起一团光雾，雾尽之后，那块琉璃竟然化成一个美丽晶莹的"琉璃埙"。

　　普贤看了看四周，寻了一块状如圆墩的水晶，坐了下来，将那只闪着冰蓝色光芒的琉璃埙的吹孔凑近唇下，轻吹起来。按理说，埙这种乐器，音色偏于抑郁哀伤，几百年以后的张良就是凭着埙，让一首流传千古的《楚歌》，瓦解了项羽的浩浩大军。但是，普贤所吹出的乐曲，却让人听了很舒服，很惬意，完全没有悲凉之感。音色甚是柔和，音域似乎也比寻常的陶埙要宽广许多。

　　舒缓的埙曲，就像天降甘霖，滋润着久旱的大地，令草木返青——

般。埙曲在空气中流动着，微微漾着，一点一点流入人的心田，酣畅淋漓。

埙曲、琴曲两相交织，完全没有不伦不类的感觉。初时，埙曲是随着琴曲而奏，如同访客轻轻叩击着主人的房门，轻且柔；继而，埙曲与琴曲水乳交融，居然达到一种平衡，如同宾主落座，相谈甚欢；少顷，埙曲竟似变调，音色略高，可安静祥和同与先前，琴曲有点跟不上埙曲的节奏，略显滞涩，不得不做变声，调节微乱的节奏。当然，操琴者试图让曲子回到之前那种局面，她不希望跟着埙曲而奏。琴音忽高忽低，几度走音，而埙声却始终不乱，有条不紊……

琉璃知道，殿外来了个厉害人物，而普贤微闭双目，宝相庄严，已有天人合一之势。太公望则姿势不变，保持与地面的深度亲吻，口中发出几个莫名的音节……

或许，飞鸟草木也感受到了乐曲中的那丝不和谐，飞鸟不安地拍动着双翅，草木也低垂了枝梢。

"唉……"风中飘来一丝轻叹，是风在叹息？还是瑶溪在叹息？抑或是另有他人？

琴音一转，渐渐融入埙曲之中，终致丝丝入扣，宛如一杯醇美厚重的佳酿，令人陶然欲醉。此情此景，似情非情，瑶溪欢动，微风流转，飞鸟小憩，草木曼舞，一切均归于自然。

曲终之时，普贤睁开双目，眼望"琉璃宫"，他从琴曲中断定，这里的主人在曲中似有邀请之意，许他入内，普贤对内深深一揖。

琉璃宫内，吸引普贤的不是那窗明几净，而是太公望与白鹤童子，普贤惊讶地看着。

白鹤被拴在一根水晶柱旁，目光呆滞，脚下摆着一小碟吃食，看来琉璃宫的主人待白鹤还是很不错的。只不过，白鹤没有胃口。这也难怪，再怎么说，白鹤童子也是元始天尊的弟子，几曾受过这样的待遇？

相比之下，太公望的处境就令人莞尔了，他依然深吻着地面。

普贤笑问："阿望，你还好吗？"太公望喉间发出几个不成字的音节，眉头大皱，却动弹不得。普贤知道，太公望一定是被施了"定身术"。

可环顾四周，却不见"琉璃宫"的女主人，对于琉璃的避而不见，普贤并不介怀，他静悄悄地帮太公望解除了束缚。普贤看着殿中的七弦琴，水晶做骨，冰蚕丝做弦，普贤微笑着将那只"琉璃坝"放在琴边，"物归原主，多有叨扰。"回头看看太公望，不成想他还不舍地亲

● ● ●

吻着地面。

普贤温和地："阿望，你还不想起来吗？那么，阿望就继续在这里吻地板吧！"

"你以为我想吻地板吗？"太公望突然跳起大叫，"咦？能动了？"太公望活动手脚。

普贤似乎想起什么："啊，我忘了告诉阿望，我已经帮你解除'定身术'了。"

"你是故意的，对不对？"太公望大声抱怨着。

普贤面不改色："阿望，你太激动了。"

"我不激动！"太公望手抚额头，旋及手指青天，"啊哈哈哈哈……仙家禁地不过如此！哇哈哈哈哈……"

"阿望又疯癫了。"普贤笑眯眯道。

太公望冲普贤道："你跟她那么客气做什么？她太目无尊长了，竟然对师叔这样！"

"奇幻瑶溪影，寂寞琉璃心。外面的世界很好呀！"普贤似在自言自语，忽对太公望说，"阿望，你刚才在跟我讲话吗？"

"废话！"太公哭笑不得。

太公望、普贤的对话时断时续地传入琉璃耳中，待太公望、普贤、白鹤离开后，琉璃轻移莲步，行云流水般从后殿走出。

"奇幻瑶溪影，寂寞琉璃心。外面的世界很好呀！"琉璃低低重复着普贤方才说的话，普贤在点化她吗？冰蓝色的一对眸子闪着幽幽的光，一如那只冰蓝色的"琉璃埙"。琉璃的心境发生了微妙的变化，她一直以为，她的内心早已经如同干涸的泉眼，可现在，这个泉眼又

汩汩地冒出清冽的甘泉。

就连琉璃自己也没察觉，她已走出了"琉璃宫"，眼望青天。由于在"琉璃宫"太久的缘故，乍见天日，有些难以适应，眼睛刺痛，琉璃不得不以手遮挡阳光来调整光线对她的刺激。虽说光线刺得琉璃的眼睛很是酸涩，可她却感到一阵阵的温暖。

正如普贤所说：外面的世界很好呀！

瑶溪欢歌，鸟鸣阵阵；古木参天，百草丰茂。昆仑山那震撼心神的鬼斧神工，造就了世所罕见奇特地貌。所有的一切都被赋予了生命，无数奇景尽在群山万壑中。

普贤是温和的，太公望是滑稽的，白鹤是善良的。这，是琉璃对他们的评价。

可惜王母百般防备，警惕着天庭的众仙会影响琉璃的未来，认为将琉璃安置在昆仑山的瑶溪是最为妥当的办法。虽然以后琉璃只能够与空山鸟语、花树溪流为伴，生活会显得清冷，但是，却可以免去性命之忧。然而，王母千算万算，忘却了昆仑山也有很多的仙人道士。她力图使琉璃摆脱命运的羁绊，可王母没想到，恰恰是她亲手将琉璃送进命运的漩涡中。

时光无情地流逝着，历史无声地前进着，像滚滚的东流逝水一样，一去不回头，也不知道流走了多少光阴？

琉璃日复一日地做着相同的事情，每日都会小心地呵护、拂拭那只通体晶莹的"琉璃埙"，闲来吹奏一曲，到也自得。日久的摩挲，琉璃瓶显得愈发莹润光洁，流光溢彩。

她从外得知，太公望被派到凡间，去执行什么"封神计划"，那

个滑稽可笑的太公望，琉璃不禁微笑。

后来，琉璃又得知，十二仙倾巢而出，去剪除闻仲，琉璃那静如一泓春水的心起了小小的变化，一枚无形的小石子被谁掷进了心湖？一圈圈的涟漪在琉璃的内心四散泛开来，久久不能平静，而目光却在无声中又落向了那只闪着冰蓝色光芒的"琉璃埙"上。

这一日格外的冷，犹似冰冷的刀锋，足以划伤人们细嫩的肌肤。凌寒之梅凝霜傲雪，略显瘦冷；古柏苍松呼号悲风，倍增凄凉。昆仑山的瑶溪几乎难以觅得鸟兽的踪迹，偶有形单影只的孤鹤悲鸣着掠过透彻冰凝的"琉璃宫"上方，在淡金色的琉璃瓦上留下黯淡的黑影。

终年不结冰的瑶溪也裹了一层薄薄的冰膜，似一面新打磨好的明镜，放着凄冷的光。

琉璃斜倚着雕栏，远眺着绵延不断的昆仑山，心就像逶迤起伏的昆仑山脉，一漾一漾的。她踏雪降临瑶溪，轻灵飘然地在瑶溪边设起了那架水晶七弦琴，凌寒而奏，琴边是那只冰蓝色的"琉璃埙"。

心里面无法平静，千头万绪没有边际，随性所至拨动琴弦，念随心生，曲由意动，也不知道弹的是什么曲子？似泣非泣，似噎非噎，断断续续，怆然冷涩，为瑶溪平添了许多的寒冷。

司云童儿不忍卒听这哀伤的琴曲，布起了深灰色的重重密云；风伯受到琴曲的感染，催着旋风卷来了细如玉屑的霰雪。顷刻间，瑶溪附近变得银装素裹，雪容苍苍。

琉璃身上已经凝了晶洁的霜华，却浑然不觉，四周的一切都好像凝固了，冰冻了，静止了。若不是时而会有琴音从琉璃的指间迸发出来，真要以为琉璃也物化了呢。

突然，那只琉璃埙发出"吱喇喇喇"的清脆声音，似冰棱崩裂，瞬间碎成无数晶莹闪亮的细小颗粒。骤然间，琉璃仿佛被利刃穿身，剖膛剜心，肢解身躯，身子不由得颤了几下，险些难以支撑。冷风几欲吹散了琉璃的三千烦恼丝，一只"琉璃钗"从琉璃发间缓缓而落，"叮"地刺碎了包裹着瑶溪的那层薄冰，横陈水底……

风行瑟瑟，木落萧萧，雪珠漫天旋舞，与恣意妄为的云层一起吞没了昆仑山。茫茫昆仑终被封于雪雾之中，山影蒙蒙，瑶溪迷迷，消失了一般，天地间落得个凄惨雪白。

都说琉璃是没有眼泪的，可就在"琉璃埙"碎裂的那一刻，琉璃胸中堆积了满满的酸楚，化做两泓缠绵不绝的清泪涌出，泪影模糊，滴滴珠泪透着冷冷的冰蓝色，一如那碎裂的冰蓝色"琉璃埙"的光泽，闪着丝丝沁入骨髓的寒意，像亲人间伤别离时流淌的泪水，无助而又绝望，撕心裂肺。

腾浪千里的昆仑山，景色怡人的瑶溪，晶洁明亮的"琉璃宫"，终究还是被肆无忌惮的风雪所吞噬了，哭出了一片苍凉。在风雪的肆虐欺凌下，万物凋零，枝折叶落，损失殆尽，失去了昔日的勃勃生机，琉璃的身影逐渐融入瑶溪，湮没在风雪中……

风停雪住的昆仑山，白雪皑皑，云影悠悠，雪峰林立，冰川垂挂，铺银盖玉一般，叫人暑意顿消，清凉无比，全然是个清爽世界。大大小小的冰洞分布其中，星罗棋布，洞内冰柱冰树丛生，千姿百态，妙趣横生。偶尔会有碎裂，叮叮作响，击碎水晶琉璃一般，好像在轻唤：琉璃……琉璃……寂寞琉璃……

瑶溪杳然，斯人何在？

享有"瑶池仙境"美誉的天山天池，宛如镶嵌在天山博格达冰峰峡谷中的一面琉璃镜，波光潋滟，光彩夺目，颇为迷人。一池清冽可人的湖水，清如碧玉。

湛蓝如水的天空，覆琼如玉的冰峰，蔚然如伞的云杉，倒映在粼粼天池中，湖光山色，如临仙境。密林深处，绿草如茵，繁花似锦，虫吟切切，鸟鸣啾啾。雪莲绽放，其香似菊。雪鸡山鸟，相得益彰。偶然会有一种双翼透明，如冰似玉的蝴蝶闯进游人的视野中。

"三峰并起插云寒，四壁横陈绕涧盘。雪岭界天人不到，冰池耀日俗难观。"一个来天池旅游的十四岁女孩儿，此刻正低声吟哦着金末元初、长春真人——丘处机赞美天池的诗句，俄而笑问身边一个年约十七八的女孩子，"樱子姐姐，那个'琉璃仙子'后来怎么样了？"

"琉璃，你的问题还真多……"樱子眨眨眼睛，狡黠地说，"有人说'琉璃'融进了瑶溪，化成了瑶池；也有人说'琉璃'变做了这里一种双翅透明的蝴蝶，啊，你看，就是这个小家伙！"一只蝴蝶飞过她们身旁，被樱子捉住送到琉璃面前。

琉璃将信将疑地盯着那只晶莹的蝴蝶，猛然间想起什么："不对呀，'琉璃仙子'住在昆仑山，这里可是天山啊，风马牛不相及，而且昆仑山也没有什么瑶池！"

樱子点头笑着："是啊是啊，琉璃不傻呀！"

琉璃终于幡然醒悟："啊，樱子姐姐，你在编排我，是不是？你把普贤也编派了，你亵渎神明！"伸手去抓樱子，而樱子却笑嘻嘻地，蹦蹦跳跳地跑开了。

追逐嬉戏中，琉璃撞了一个人，那是一个宽厚温暖的胸膛，琉璃

跌坐在地上，抬头仰望来人，心灵的门扉被什么东西轻轻叩击着，胸口暖暖的。正当琉璃发怔之际，那人温和地笑着，缓缓地问："对不起，你摔伤没有？"

斜里冲来一人，立足不稳，脚底打滑，以一个精妙绝伦的向前翻腾七周半重重地摔在地上，趴在琉璃脚边，一时间，呻吟声起，不可断绝，爬也爬不起来。可是，最让琉璃目瞪口呆地却是此人深吻地面的滑稽造型。

与琉璃相撞的那人看看深吻地面的人，微笑着问："阿望，你还不想起来吗？"

眼前这个人是温和的，趴在地上的人是滑稽的。这——是琉璃对他们的评价。

远处的冰柱似乎栖有一只白鹤，翩翩起舞，俊雅卓群。

依稀往事似又重新回来了。

琉璃，琉璃，你还寂寞吗？外面的世界很精彩呀……

# 血缘的牵绊

■ 出处:《封神演义》
■ 原著: 藤崎龙

■ 文: 风铃

　　我出生在草原,那个广阔得望不到尽头的草原,偶尔会有夹杂着沙尘的大雾弥漫。在一片迷茫的白茫茫的雾气之间,是摇摆着柔软身躯的花朵和草,无垠的森林。还有风,永远自由的风,永远不会停滞不前的风。每当雾起的时候,曾祖母就会用她那苍老的声音呼唤我,好像母羊在呼唤羊羔那样。亲切而平缓的声音兀长地蔓延在草原迷茫的每一个角落。

　　微风,温和到连嫩草儿都只是微微地屈了屈身,缓慢到仿佛可以听到时间的沙漏悄然滴落——雾在慢慢散开,被风吹得像是破碎的记忆在消散。

　　关于父母,只有一点点模糊的影子。属于儿时的记忆就只剩下曾祖母。我喜欢趴在她的身旁,让她布满皱纹的双手轻轻抚摸我还充满着好奇的脑袋。我总是把头枕在曾祖母的膝上，静心聆听那些不为人知的埋藏在心底深处的过去。曾祖母把那些隐藏了很久的心事平缓地叙述过来，仿佛是展开的一幅漫长又悠远的图卷。那些磕磕碰碰，化作是绵延不断的山脉，在卷轴上无声无息地蔓延。悄悄的，还有一些温情，像是点缀在山谷间的花朵，在某些我们都不知道的寂静的夜里，安详地开放。

有一个红霞漫天的黄昏，落日的余辉慵懒地透过窗户的木格投入房间。那些被割碎的阳光摇曳着，像是树影般飘忽不定，斑斑驳驳。粉末状的灰尘在空中，阳光中飞舞着，好似调皮的孩子们，活跃而充满着生机。曾祖母的头发上，像是蒙上了一层淡淡的黄晕。若隐若现的，是曾祖母饱经沧桑的脸颊，以及蕴含着满满的慈祥的笑容。

邑姜，我要告诉你一个故事。曾祖母抚着我的头，微笑着。

什么故事呢？我依旧是用一种不紧不慢的语速说道，只是眼中隐藏不住一个孩子常有的好奇。

一个关于奇迹的故事。

真是奇迹呢……不知道，他后来怎样了……不过，如果是他的话，应该会没事吧……

我只知道曾祖母一个人絮絮叨叨地念叨着一些，不，是很多我所不知道的人和事。我仿佛看见一本厚重的书，在尘封了几十年的漫长时光后再次被开启。时光的尘埃飘落着，渐渐隐去封皮的烫金大字。依稀可以窥见模糊的书名——回忆。

曾祖母去世的时候，我甚至没有掉眼泪。我知道自己很想哭，但终究没有哭。那些比我年长的孩子，还有父母，都哭了。也许我真的如同他们说的那样，理性到冷静了，太冷静了。我只是默默地对着曾祖母简陋的墓地，悄声对自己说，曾祖母，你知道吗，我想见见他呢，你的哥哥呢……

后来，经过了一系列的变故，我有了一个养父——老子。别人都是这么称呼他的。真是一个非常奇怪的人，拥有极端的美貌与无法想象的懒惰。在那件夸张的懒人装和一副不为任何事所动的懒样后面，似乎是隐藏着些什么。但我不知道，也不想知道。他只是履行一个养父的职责，我也不过做一个养女应该做的。我们就这样维持着平淡的养父女关系，好久。

我喜欢驱赶着那些云朵似的白羊，任由它们在碧绿的草地上接受大自然无穷无尽的恩赐。有时候，仰望蓝天，不知不觉中，慢慢陷入沉思。细心聆听身边的一切，有微风柔软的细语，混着林间鸟儿的呢

喃。没有波浪的壮阔与汹涌，也不似涓涓溪流的温婉。就好像只能感觉到的存在，那么柔缓地融化在无尽的思绪里。

某一天，我和老子交谈。

他是那么不可思议的人，或者说是一个"神"。于是，我更加了解自己的身世与民族。

羌族啊……

我与那些有着相同悲惨命运的人们一起，还有一个奇怪加懒惰的老子，安静地生活在这里。我原以为自己会就这么平平淡淡地生活下去，一直读书，一直放牧，一直陪伴着十七岁孩子般的养父老子，一直在寂静的夜里想念未曾谋面的惟一还与我有血缘关系的人，一直远离喧嚣尘世，避开烽火的桃源乡里安静地度过一个羌族王族后裔

生活。在平淡中慢慢消耗原本应该充满坎坷与欢笑的生命。

　　就像是往水平如镜的潭水里投下了一枚小小的石子。即使是那么微小的石子，水中的涟漪依旧是不停地荡漾着。小心翼翼的波纹却像是灵动的微笑，那么舒畅，那么富有生气。

　　我遇见他。

　　一个不知姓字名谁的道士。

　　骑着一只白色的河马，一脸散漫到极点的笑容，看了却不知为何由的让人觉得开心。他有着一双很明亮的眸子，包容了草原的生气与宽容，没有慌乱的紧张，像是温润的碧玉。清清楚楚的，是无赖似的笑脸，总觉得似曾相识的感觉，萦绕在我心里。

　　显然，我强制的命令令他十分的不快。那种在不经意间流露出的落寞，却让我记起了什么。夜间的静寂令人总有伤感的忧愁。我仰望

墨蓝色的天空，那份包容一切的默然总令我不由自主地回想起与曾祖母在一起的点点滴滴。生活的琐碎片段接连不断地在脑海中飞逝，像流水般飞快地逝去。

　　　然而，当初几欲夺眶而出的泪水和稚嫩的笑声早已化作思念，融化在身体的每一滴血液里。蓦然回头，发现他正靠着四不像睡得正香。也许是白天太劳累的缘故，此刻的他显得十分疲惫。我突然发现微风中的他是那么的瘦弱，单薄的身子骨仿佛根本经不起晚风的吹拂。他真的能完成那件事吗？他真的是执行封神计划的最佳人选吗？他真的能拯救整个羌族？无论怎样看，这个艰难的担子对他来说似乎都太沉重了。

　　　对于太公望，我仅仅知道他是个清秀的愚蠢道士，而且和老子一

样的不可思议。他的身份究竟是什么，隐隐约约有些清楚的我又不敢确定。而如今，面对着这个夜风中微微颤动的瘦弱身影，那个念头再一次在我脑海中闪过。一瞬间，他的身影与一个人重合。不时出现的落寞，从眼神中流露的对草原，放牧的依恋，以及萦绕在他身旁的那份黯然，真的是非常相像，太像了。从紧闭的双眼到忧伤的眉毛，我好像再次看见她的笑容。

他，真的是曾祖母的哥哥吗？

与老子的见面是那么的不愉快。婴孩般流着泪的老子，无奈叹气的四不像，还有，一脸诧异和无赖的太公望。不知为什么，仿佛早就知晓会有这样的结果，我竟然连一丝惊异的感觉也没有。

也许，答案早就在心中了吧。

再次见到他时，已是在牧野尸横遍野的战场上。那时，我是羌族

的首领，带着骑兵前来援助周朝的一族之长。他是周的军师，在高不可及的天空中与妲己作战。依然是那一副玩世不恭的嘴脸，依然是那未曾改变的坚定神情。我实在无从得知他掩藏在笑容背后的无限伤感与艰辛，只能在同等的立场上为他呐喊。

你在干什么，太公望先生！拥有太极图，却被妲己的诱惑所抑制……那样还算得上是羌族的战士吗？

主人，为了小邑姜，你要加倍努力啊！

听到小四的话，我突然有一种说不出的欣慰。长久以来在心中的压抑终于得到释怀。尽管知道一定会分别，但今后，也就可以安心了。

离别的时候纵使有千言万语也无法细诉。我想告诉他有关我最深爱的亲人，他的妹妹的深刻记忆，也想带他去曾祖母的坟前，告诉她，

我见到了她最挂念的哥哥。可我不能，只能把最深的怀念与祝福化作一个微笑，把它交给那个人。

太公望回头的一瞬间，我甚至希望时间能流逝得慢些，让我好好看看我惟一的亲人，让我牢牢地记住他的一切和这里发生的所有故事。我伸出手，轻轻捏了他的脸颊。瞬间，我感到，我们身体里流淌着一样的血，这叫做血缘，是一种剪不断的联系和牵挂。

这是最后的战斗呢。我以你为傲！

多余的都不需要了，对于用血缘联系的人来说，一个会心的微笑便足够了。

不是吗？太公望先生……

多年后再回忆起这一切的时候，我已是周朝的王后，带着含蓄的微笑站在周武王身边的人。只是在某些安静的夜里，喜欢一个人静静

地思考。我想到曾祖母，太公望，老子……不知道他们现在都怎么样了。曾祖母会在一个静谧的世界里沉睡，或是用会心的笑容寻找她梦中的哥哥。也许在我们都不知道的时候，会有一个嬉皮笑脸的道士，轻抚她残破的墓碑，小心翼翼地念着模糊不清的字迹，然后沉默在她的墓前。至于我那位养父，应该是继续躲在他宝贝的懒人装里，继续做着他没有终结的梦，继续躲避着他预见的未来。偶然间想起与武王的初次相遇，我总是觉得很开心。那是我第一次向人敞开心扉，袒露出心中的秘密。

那些一起经历过的事，犹在眼前。而曾经魂飞魄散的战场，却平静的有些不敢让人相信。战争血肉模糊的阴霾，也已渐渐从人们心中散开。天空开始明朗起来，不经意间，物是人非的伤感悄悄爬上我的

心头。武王越发的消瘦，我的孩子也一点点地长大。我就这么看着身边的人，看着岁月的痕迹无可避免的烙在他们的身上，刻在我的心里。曾经一起欢笑和努力过的人们，却又在另一个世界里生活。我忍不住问自己，那些飞扬在战争中的血和泪，无奈又坚强的眼神，以及一直战斗着的高傲的灵魂呢？它们都到哪儿去了呢？

或许，它们，都随风而去了吧……

如今，我很快乐地陪伴在武王身边，辅佐他。不知道曾祖母与太公望先生，是否能感觉到我的幸福。我相信一定可以的，虽然我们无法常常见面，虽然我们山水相隔，虽然我们在生死的两岸遥遥相望。但他们一定会在某个角落，看到我的幸福。

毕竟，这是血缘的牵绊啊……

# 编 后 语

　　一年前的夏天，我们在中国内地首次推出了一套名为"阳光动漫"的同人小说志。

　　一年后的今天，又一个炎炎的夏至，新一辑阳光动漫书系再次倾情奉献。

　　在这里，我们要感谢一年多来支持并关注这套丛书出版的读者朋友们，因为正是你们踊跃地投稿、热情地参与回信调查才使我们有了前进的动力和方向。

　　其实，早在很多年以前，"同人志"的现象话题便在文艺界中引起广泛的讨论。我们给它的普遍定义是，一个拥有共同爱好和语言的

群体，自发地为某部热衷作品衍生情节，进行"再创作"的一种积极的文化现象。

　　在日本以及欧美发达国家，同人志主要是基于动漫、游戏以及幻想文学，从中衍生出许多漫画和文学形式的分支作品，比如：《机动战士高达》《银河英雄传说》《超时空要塞》《火影忍者》《哈里·波特》《龙与地下城》《魔戒》等作品都是爱好者们取之不尽的素材源泉。

　　而在中国，最早的同人文学浪潮当属风靡二十世纪七八十年代的武侠文化，之后的九十年代至今，动漫则成了年轻人，尤其是青少年们的精神追求。"阳光动漫"系列丛书正是在这一背景下诞生，并努力传播着动漫爱好者们"诚"之心态的一面旗帜。

　　我们希望通过以"同人小说"这种"再创作"的理念和形式，有

力地推动本土原创动漫业的进步。因为，无论是怎样一部动画或是漫画，究其根本都是叙述一个故事，而同人小说正是大家最易于投入创作和发表的媒介，在这里每一位热爱动漫、参与动漫的人都会找到一个叫做"热血"的原点契机，这正是同人精神的本质所在。

那么现在，就请你拿起笔来，来参加我们的第三辑同人小说的创作活动吧！

动漫虽然是一个虚构出来的世界，但在里面却寄托着人们所有美好的向往与热情。而那些曾经以为的惨烈青春，那些曾经以为的光与暗的宿命对决，也都将在此成为世界命运的终幕，并化作点滴的成长烦恼，升华进入永恒的天国，陪伴着我们一同前行……

2005 年 7 月

阳光动漫编辑组

# 第三辑

## 阳光动漫同人志丛书征稿

　　你想为自己所喜欢的动漫、游戏作品创作新的篇章吗？你想成为同人文学界的一颗新星吗？你想自己的著作问世，并成为全球传媒集团贝塔斯曼旗下的签约作家吗？那么，就快快来加入以下的行列，让全球华人共同关注中国原创动漫力量的崛起！

要　　求：内容健康、故事性强、笔触流畅、主题突出；具有一定深度、空间联想性或幽默搞笑风格的文字尤佳。

形　　式：同人小说

字　　数：3000—15000字为宜

主题范围：大众熟知的动漫画和游戏作品

录用稿酬：1. 按文字质量给予一定稿酬；2. 获赠一本刊发有录用者稿件的图书；3. 个别优秀作者获得签约作家机会。

其　　他：请所有投稿者一律注名发表笔名、真实姓名、住址、邮编和个人联络方式（电话、电子邮件等）以便即时发放录用通知、稿酬等。

征稿邮箱：diydream@126.com

互动网址：http://bbs.i5dream.com

截稿时间：2005 年 12 月 31 日

## 图书在版编目（CIP）数据

黄金默示录/绯雨宵编. —北京：作家出版社，2005.9
ISBN 7－5063－3416－X

Ⅰ. 黄… Ⅱ. 绯… Ⅲ. 短篇小说－作品集－中国－当代
Ⅳ. I247.7

中国版本图书馆 CIP 数据核字（2005）第 106829 号

## 黄金默示录

编者：绯雨宵
责任编辑：启　天
特约编辑：赵　平
装帧设计：申　磊
插图：菩　萨
出版发行：作家出版社
社址：北京农展馆南里 10 号　　　邮码：100026
电话传真：86－10－65930756（出版发行部）
　　　　　86－10－65004079（总编室）
E－mail：wrtspub@public. bta. net. cn
http://www. zuojiachubanshe. com
印刷：北京京北制版厂
开本：890×1240　1/32
字数：160 千
印张：7. 25　　　　　　　　插页：4
印数：001－12000
版次：2005 年 10 月第 1 版
印次：2005 年 10 月第 1 次印刷
ISBN 7－5063－3416－X
定价：18. 00 元